AF741108

www.ingramcontent.com/pod-product-compliance
Lightning Source LLC
LaVergne TN
LVHW051021051026
849532LV00004BA/1313

* 9 7 8 9 3 5 8 7 2 6 3 6 7 *

یہ تنگ زمین

(افسانے)

ترنم ریاض

Yeh tang Zameen (Urdu Short Stories)
by: Tarannum Riyaz
Edition: April '2024
Publisher :
Taemeer Publications LLC (Michigan, USA / Hyderabad, India)

ISBN 978-93-5872-636-7

9 789358 726367

کتاب	:	**یہ تنگ زمین** (افسانے)
مصنفہ	:	**ترنم ریاض**
پروف ریڈنگ / تدوین	:	اعجاز عبید
صنف	:	فکشن
ناشر	:	تعمیر پبلی کیشنز (حیدرآباد، انڈیا)
سالِ اشاعت	:	۲۰۲۴ء
صفحات	:	۱۴۴
سرورق ڈیزائن	:	تعمیر ویب ڈیزائن

فہرست

بالکنی

"چلو۔۔۔ چلو چلو۔۔۔ راستہ دو۔۔۔ ایک طرف۔۔۔ہاں۔۔۔"

دو سپاہی گیٹ سے اندر داخل ہوئے۔ اُن کے پیچھے ایک اعلیٰ افسر اور اُس کے عقب میں اور دو سپاہی تھے۔

"لیکن ہم نے کِیا کیا ہے بھیّا۔۔۔ یہاں تو کوئی نہیں ہے۔ ہم تو خود پریشان ہیں حالات سے۔ ہمارے گھر میں کوئی لڑکا بھی نہیں ہے۔ چوکی میں سب جانتے ہیں۔ یہاں تو آج تک کوئی۔۔۔ ہم یہاں ۱۵ برس سے رہ رہے ہیں۔"

ادھیڑ عمر عورت گھبرا کر بولی تو سپاہی رُک کر اپنے افسر کی طرف دیکھنے لگا۔

"سر۔۔۔ یہی تھانا۔۔۔؟ جس رپورٹ کا آپ ذکر کر رہے تھے۔۔۔ اُس میں یہی گھر تھانا؟"

"نہیں ایسا کچھ نہیں ہے ماں جی۔۔۔ ہم بس ذرا اپنی ڈیوٹی پوری کر کے لوٹ جائیں گے۔"

افسر نے سپاہی کی بات نظر انداز کر کے عورت کو دیکھ کر دائیں بائیں دیکھا۔ جملے کا آخری حصہ ادا کرتے ہوئے اُس کے چہرے پر پریشان سے تاثرات چھا گئے۔

وہ مکان کے کشادہ صحن کے عین درمیان آگیا اور بوسیدہ دیواروں کو بغور دیکھنے لگا۔ پھر آہستہ آہستہ قدم اُٹھاتا ہوا مشرقی دیوار کے بالکل قریب چلا گیا اور اُنگلی سے ایک

اینٹ کو چھُوا جو پلستر اُکھڑ جانے کی وجہ سے آدھی سے زیادہ نظر آرہی تھی۔ اینٹ کی اوپری سطح بھُر بھُرا گئی تھی اور اُس کی اُنگلی کا پور سرخ ہو گیا تھا۔ اُس نے اپنی صاف شفاف وردی کے گریباں کے قریب جہاں بہت سے تمغے لٹک رہے تھے، اُنگلی کو ہلکے سے رگڑ کر صاف کیا اور پھر وردی پر لگے سرخ داغ پر بڑے سکون سے ہاتھ پھیر کر دونوں ہاتھ پتلون کی جیب میں ٹھونس دیئے اور زینے کی طرف بڑھ گیا۔

"تم یہیں رکو۔" اُس نے سپاہیوں کو حکم دیا۔

"میرا یقین کرو بیٹا۔۔۔ آج تک ہمارے یہاں سے نہ کوئی ایسا انسان پیدا ہوا۔۔۔ نہ کبھی آیا۔۔۔ نہ رُکا۔۔۔ ہم شریف لوگ ہیں میرے شوہر بجلی کے محکمے میں کام کرتے ہیں۔"

عورت اُس کے پیچھے پیچھے زینہ طے کرتی ہوئی سہمی سہمی سی کہہ رہی تھی۔ اُس کی نظریں افسر کے پہلو سے لٹک رہی پستول پر ٹھہر ٹھہر جاتیں۔

"یہ۔۔۔ یہ میری بیٹی کا کمرہ ہے۔" افسر نے ایک دروازے پر دستک دی تو ایک لڑکی نے دروازہ کھولا اور خوف زدہ سی ہو کر باوردی اجنبی کو دیکھنے لگی۔

"نہیں نہیں۔۔۔ کوئی بات نہیں۔۔۔ یہ اپنی ڈیوٹی کر رہے ہیں۔"

ماں نے اپنی آواز میں اعتماد پیدا کرتے ہوئے کہا۔

"اس گھر کا ریکارڈ سارا محلہ جانتا ہے۔۔۔ بیٹا۔۔۔ اس مکان کی تو سارے محلے میں عزت ہے۔۔۔ ہم سے پہلے جو لوگ یہاں رہتے تھے۔ بہت ہر دل عزیز تھے۔ وہ میرے شوہر کے محکمے میں ایک بہت بڑے افسر تھے مگر ہر ایک کے کام آنے والے۔ اُن سے ہم نے خریدا تھا یہ گھر۔۔۔ ۱۵ برس پہلے۔"

"وہ لوگ۔۔۔ اب کہاں۔۔۔ ہیں۔" افسر دھیرے سے بولا۔

"خدا جانے بیٹا۔۔۔ صاحب خانہ کے انتقال کے بعد اُن کی بیگم نے یہ گھر بیچا تھا ہمیں۔۔۔ وہ پھر غالباً اپنے آبائی گاؤں چلی گئی تھیں۔" عورت کی آواز میں خوف کا عنصر کچھ کم ہو گیا تھا۔

"اور بچّے۔۔۔؟" افسر نے دروازے کی چوکھٹ کے اوپری حصّے پر کھدا ہوا کوئی لفظ پڑھنے کی کوشش کی تو اُس کے ہونٹوں پر ایک بے کیف سی مسکراہٹ چھا گئی۔

"بڑا بیٹا کہیں باہر پولیس یا فوج کی بڑی ٹریننگ کرنے گیا تھا۔۔۔ اور چھوٹا ماں کے ہی ساتھ۔۔۔"

"یہاں سامنے کوئی رہتا۔۔۔؟" افسر کمرے میں داخل ہو کر کھڑکی کھول کر باہر دیکھنے لگا۔

"ہاں۔۔۔ رہتے ہیں۔۔۔ دو میاں بیوی۔۔۔ بوڑھے ہو گئے ہیں۔۔۔ ایک بیٹی ہے غزالہ۔۔۔ سسرال میں۔"

"ہاں۔۔۔ اچھا۔۔۔ ٹھیک۔۔۔ ہے۔۔۔ غزالہ۔۔۔" وہ دھیرے سے بولا۔ اور کمرے سے نکل کر دوسرے کمرے کی طرف بڑھا۔ کمرے کے اندر سامنے کی دیوار میں ایک بڑا سا دروازہ لگا ہوا تھا۔ اُس نے لپک کر دروازہ کھول دیا تو اُس کے منھ سے چیخ نکل گئی۔

"نہیں۔" اُس کے چہرے پر بے یقینی کے تاثرات چھا گئے تھے۔ دروازہ ادھ کھلا چھوڑ کر وہ غیر ارادی طور پر دو قدم پیچھے ہٹا تو عقب میں کھڑی لڑکی کے پاؤں پر اس کے جوتے کی ایڑھی پڑ گئی۔ لڑکی کے منھ سے گھٹی گھٹی سی چیخ نکلی، لڑکی سہم کر ماں سے لگ گئی۔

"کیا ہوا۔۔۔؟" عورت نے لرزتی ہوئی آواز میں جانے کس سے پوچھا۔

"یہ۔۔۔ یہ الماری کہاں سے۔۔۔ یہ الماری آپ نے۔۔۔ کب بنائی۔۔۔ یہ۔۔۔"
افسر نے جلدی سے پوچھنے کی کوشش میں کہا مگر الفاظ اُس کی زبان سے ٹوٹ ٹوٹ کر نکل رہے تھے۔

"بہت دن ہوئے بیٹا۔۔۔ تم۔۔۔ تم اس کی تلاشی لے لو۔۔۔ دیکھ لو۔" عورت اب بری طرح گھبرا رہی تھی۔۔۔ اُس نے جلدی سے الماری کے دونوں پٹ پورے وا کر دیئے تو افسر کی کانپتی ہوئی آواز رُک رُک کر اُس کے کانوں میں پڑی۔

"یہاں۔۔۔ یہاں پر۔۔۔ چھوٹی سی بالکنی تھی۔۔۔ جو۔۔۔ جو سامنے والے گھر کے برآمدے کی بالکل سیدھ میں بنی تھی۔۔۔ اور۔۔۔ اور میں بالکنی میں بیٹھ کر پڑھا کرتا تھا۔" افسر آس پاس دیکھتا ہوا کمرے کی دہلیز تک آگیا۔

"غزالہ برآمدے میں ٹہل کر پڑھتی تھی۔"

"یہ۔۔۔۔۔ اوپر!۔" اُس نے دروازے کی چوکھٹ پر نرمی سے ہاتھ پھیرا۔

"یہاں یہ۔۔۔ میں نے اپنا نام۔۔۔ لکھا تھا۔۔۔ پرکار سے۔۔۔ بہت برس پہلے۔۔۔ پھر مجھے گھر سے دور ہوسٹل میں رہنا پڑا۔۔۔ والد صاحب انتقال کر گئے۔۔۔ گھر بدل گیا۔۔۔ میرا۔۔۔ مگر میرا بچپن۔۔۔ میری آدھی عمر۔۔۔ اس۔ اس گھر میں۔"

افسر پھوٹ پھوٹ کر رو دیا۔

***

آہنگ

"Mama is that you"?

کال سینٹر کے آپریٹر نے اچانک کہا۔

"Yes my child"۔ آسیہ کی آواز میں اُمڈتی ہوئی محبت نے اُس کی آنکھیں نم کر دیں۔ گلا اتنا رندھ گیا کہ آواز نکلنا محال ہو گیا۔ وہ کئی لمحے روتی رہی۔ پھر اُس نے بات کرنے کی کوشش کی۔

"I traced you my child. Now you have to come home. You have to son. Your grandpa passed away waiting and searching for you .

تمھارے پاپا بھی ٹھیک نہیں ہیں۔

He feels very lonely. You have to come. Forgive him son, come home

گھر آجاؤ چاند۔"

آسیہ ہچکیوں کے دوران بولتی گئی۔ اُسے اپنے کانوں پر اپنے دل پر، ساری دنیا پر یقین نہیں ہو رہا تھا۔ اُسے خواب سا لگ رہا تھا یہ سب۔ کیا واقعی وہ اپنے بیٹے سے مخاطب تھی، جو کوئی چار برس پہلے اچانک گھر سے غائب ہو گیا تھا۔ جس دن اُس کی تجویز گھر والوں نے ٹھکرا دی تھی۔ اُس کے اگلے دن سے اُسے کسی نے نہیں دیکھا تھا۔

"آخر اس میں برا کیا ہے ماما۔۔۔"

وہ بڑی سی نشست گاہ کے بر آمدے میں کھلنے والے دروازے پر کھڑا تھا۔ اُس کے تازہ دھلے بال جاڑوں کی نرم دھوم میں چمک رہے تھے اور ہوا سے رہ رہ کر لہرا بھی اُٹھے تھے۔

"اندر تو آجاؤ۔۔۔ ہوا لگ جائے گی۔۔۔ گیلے ہیں بال تمہارے۔۔۔ Come on in۔"

آسیہ نے میز پر پھیلے اخباروں پر اپنا چشمہ رکھ دیا تھا اور بیٹے کی طرف دیکھنے لگی تھی جس نے اپنے طویل قامت جسم پر گہرے نیلے رنگ کی جینز پہن رکھی تھی۔ اور اُس پر مختلف رنگوں والا چار خانوں کے ڈیزائن کا سویٹر۔ یہ خانے سرخ، نارنجی، ہرے اور نیلے تھے۔ اُس کے صحت مند چہرے اور وجیہہ شانوں والے بدن پر اُس کی عمر کے لحاظ سے یہ لباس بچ رہا تھا۔ سویٹر کے گول گلے کے اندر سے ذرا ذرا سا جھانک رہے سفید قمیص کے کالر کے ساتھ اُس کے سفید Sports Shoes اچھے لگ رہے تھے۔

"کیا سمجھا رہی ہیں انھیں۔۔۔ ذرا حلیہ تو ملاحظہ کیجیے۔۔۔"

جمال احمد نے میز پر پھیلے دو اخباروں میں سے ایک اپنی طرف سرکایا اور ہاتھ لہرا کر باسط کے بالوں کی طرف اشارہ کیا۔ باسط نے جلدی سے بالوں میں انگلیاں پھیریں اور دوسری طرف دیکھنے لگا کہ آسمان کے پس منظر نے وہاں کئی رنگ بکھیر دیئے تھے۔ وجہ یہ تھی کہ باسط نے سویٹر میں شامل سارے رنگوں سے اپنے بالوں کو بھی رنگ رکھا تھا۔

"مجھے یہ سب بالکل پسند نہیں۔۔۔" جمال احمد نے پہلا اخبار واپس میز پر رکھا اور دوسرا اُٹھا لیا۔

"ارے یہ ادھر دیجیے نا۔۔۔ پڑھ چکے آپ اسے۔۔۔ میں نے دیکھا بھی نہیں صبح

سے۔۔۔" آسیہ نے ہاتھ بڑھایا تو جمال احمد نے اخبار اُس کے ہاتھ میں دے دیا۔

"مگر مجھے پسند ہے پاپا۔۔۔ یہ میری Life ہے آپ لوگ کیوں نہیں سمجھتے کہ زندگی مجھے گزارنی ہے۔۔۔ آپ دیکھ لیجئے گا میں سارا کام کیسے Successfully نبھاؤں گا۔۔۔ "باسط کی اٹھارہ سالہ آنکھوں میں چمک سی لہرائی۔

"کام۔۔۔؟" باپ نے یکلخت سر اُٹھا کر اُسے غصے سے دیکھا۔۔۔ (نہیں۔ دیکھنے کی کوشش کی کہ اُن آنکھوں میں خواب ہی خواب تھے۔۔۔ اور چہرے پر اپنی عمر کے لحاظ سے پھیلی معصومیت میں عزم بھی تھا۔ ہونٹوں پر ایک ہلکی سی بے قرار مسکراہٹ تھی اور آنکھوں کی سیاہ پتلیاں بے چینی سے اپنے والد کے چہرے پر بدلتے تاثرات کا مشاہدہ کر رہی تھیں۔ جس کی تاب نہ لا کر جمال احمد نے سر جھکا لیا۔)

"زمانہ بدل گیا ہے ڈیڈ۔۔۔ آپ Please try to understand۔۔۔ میں کوئی غلط کام نہیں کر رہا۔" باسط دروازے سے اندر کی طرف دو قدم چلا۔

"اگر یہ تمہارے لیے غلط کام نہیں تو۔۔۔ پھر۔۔۔ پھر غلط کیا۔۔۔"

جمال احمد سر جھکائے بولے اور جملہ مکمل نہیں کیا کہ اُن کے والد چودھری کمال احمد بیٹھک میں داخل ہوئے۔ وہ صوفے پر بیٹھنے لگے تو جمال نے اٹھ کر سارے اخبار اُن کے قریب رکھ دیئے۔ انھوں نے ایک اخبار ہاتھ میں اُٹھایا اور سب کو باری باری دیکھا۔

"کیا وہی بحث جاری ہے پچھلے دو دن سے۔۔۔ اب تک؟" وہ بولے۔

"جی۔۔۔ اب یہ اس بارے میں ہمیں سمجھانا چاہتے ہیں۔۔۔" جمال احمد نے صوفے پر پڑا اپنا پشمینے کا دوشالہ والد کے گھٹنوں پر پھیلا دیا تو باسط نے جلدی سے جوتے اُتار کر قالین سے لگے پائدان پہ رکھے اور اندر داخل ہو کر اپنے دادا کے شانوں پر پھیلا شال درست کرنے لگا۔

"جیتے رہئے۔۔۔ یہ کیا ضِد پکڑلی آپ نے بیٹا۔۔۔ یہ کیسے ممکن ہو گا۔۔۔"

"کافی پئیں گے ابّو؟" آسیہ بیگم نے آہستہ سے پوچھا۔

"ہاں بیٹی۔۔۔ بنوادو۔۔۔" انھوں نے ایک نظر بہو کی طرف دیکھا پھر اپنے بیٹے سے مخاطب ہوئے۔

"آپ نے شاید ٹھیک سے سمجھایا نہیں ہمارے بچّے کو۔۔۔ یہ ہمارے لختِ جگر ہیں۔۔۔ اتنے بڑے گھرانے کے چشم و چراغ ہیں جو ابھی بھی اس دور میں بھی۔ اُس کے کرم سے کئی لوگوں کی کفالت کا ذمہ دار ہے۔ ایسے غیرت دار گھرانوں پر پورے سماج کی ذمہ داری ہوا کرتی ہے۔۔۔ اگر اپنے۔۔۔ اپنے بچّے ہی۔۔۔"

"داجان۔۔۔ داجان آپ سنئے تو۔۔۔ ایسا کچھ بھی نہیں ہے۔۔۔ میں تو۔۔۔ یہ کہہ۔۔۔" باسط جب اپنے دادا کو مخاطب کرتا تو دادا کا لفظ اتنی جلدی ادا کرتا کہ دادا جان کے بجائے داجان سُنائی پڑتا۔ دادا کا دل اس صدا پر محبت سے چھلکنے لگتا۔

"کیوں نہیں ہے۔۔۔ اب ایسا ویسا اور کیا ہوتا ہے۔" جمال احمد نے باسط کی بات کاٹ کر کہا۔

"کسی اچھے خاندان سے تمھاری بہن کا رشتہ نہیں آئے گا۔ لوگ ہم کو۔۔۔ ہم کو جانے کس کس نام سے بلائیں گے۔۔۔" جمال احمد نے اپنی بات کی تائید کے لیے جھٹکے سے سر بیوی کی طرف موڑا مگر آسیہ کے چہرے پر کوئی شدید ردِ عمل نہ دیکھ کر سر جھکا لیا۔ اور پھر سر اُٹھا کر ریشمی پردے کی آڑ سے جھانک رہے کھڑکی کے شیشے سے باہر دیکھنے لگے۔

پرسکون باغیچے کے درمیان سے گزرتے کنکریٹ والے راستے کے ایک طرف

بڑے سے دبیز خوش رنگ قالین کو دھوپ میں پھیلایا گیا تھا۔ دوسری طرف ہرے سنگ مرمر کی گول میز کے گرد بید کی کرسیاں رکھی تھیں۔ راستے پر لمبی لمبی دو گاڑیوں میں سے ایک کو ڈرائیور تیج پال بڑی پھرتی سے چمکا رہا تھا۔ جب چودھری صاحب کی آواز یکلخت اونچی ہو کر کھڑکی کے شیشے کے اُس پار چلی آتی، وہ چونک کر کھڑکی کی طرف دیکھتا۔ وہ بہت چھوٹا سا تھا جب سے یہ آوازیں سنتا آ رہا تھا۔ جب اُس کا باپ دھرم پال بڑے چودھری صاحب کی گاڑی چلایا کرتا تھا۔ بٹوارے سے کچھ سال پہلے سے کئی سال بعد تک۔ تیج پال نے اسی گھر کی گاڑیوں پر ڈرائیونگ سیکھی تھی۔ جب بڑے چودھری پچھلی سیٹ پر دو چھوٹے چکور تکیے رکھ کر لمبے سفر کیا کرتے تھے۔ دلی سے لاہور، سیالکوٹ وغیرہ۔ پھر تقسیم کے بعد انھوں نے اس طرف ہی رہنا پسند کیا۔ حالانکہ اُن کا کاروبار راول پنڈی میں بھی پھیلا تھا۔ جو صدر ایوب نے راجدھانی کے طور پر چُنا تھا مگر بعد میں غالباً نو آباد کاروباری طبقے میں مقبولیت حاصل نہ کر پانے کے سبب صدر نے راول پنڈی سے کچھ فاصلے پر نئی راجدھانی اسلام آباد بسائی۔ چودھری صاحب کا اُس خطے سے فون یا خط وغیرہ کے ذریعے رابطہ رہا کرتا تھا جو باسط کی نسل تک آتے آتے تقریباً ختم ہو گیا۔ اِدھر کی منقولہ و غیر منقولہ جائداد میں کچھ ترقی بھی ہو رہی تھی مگر وہ زیادہ ترقی کے خواہاں نہ ہو کر قانع قسم کے انسان واقع ہوئے تھے۔ کہ رکھ رکھاؤ بھی پہلے سا تھا اور اطمینان بھی ویسا ہی۔۔۔ باسط اس بات پر اکثر سوچا کرتا تھا جسے وہ اعلیٰ تعلیم دلوانے کے خواہاں تھے۔ مگر اُس کا پڑھائی میں بالکل دل نہیں لگتا تھا۔ اُسے وقفے وقفے سے Fashion Designing اور Modelling کے دورے پڑے تھے جو بڑی سختی سے دبا دیئے گئے تھے۔

اب مگر اُس نے Hair Dresser بننے کی ضِد پکڑ لی تھی اور یہ بھی پوری ہوتی نظر

نہیں آتی تھی کہ گھر والے اُسے تعلیم مکمل کرنے کے بعد ذاتی کاروبار سے وابستہ کر دینا چاہتے تھے۔

"تو پھر۔۔۔ڈیڈ۔۔۔ آپ دیں گے مجھے اس کورس کے لیے فیس؟"

"نہیں بالکل نہیں۔۔۔ ہمت کیسے کرتے ہو تم یہ پوچھنے کی۔۔۔ احمق۔۔۔حجّام بننا چاہتے ہو تم۔۔۔ دفع ہو جاؤ۔ میری نظروں سے۔۔۔"

جمال احمد نے آواز اونچی کر کے کہا تھا۔

اور باسط دفع ہو گیا تھا۔ کبھی نہ لوٹنے کے لیے۔ اور اُس کے جانے سے گھر کی ساری خوشیاں بھی جیسے رخصت ہو گئیں کہ سب علیل رہنے لگے تھے۔

باہر کی کسی کمپنی نے ایک نئی دوا ایجاد کی تھی جس سے کئی بیماریوں کا بیک وقت علاج ہو سکتا تھا۔ آسیہ نے جمال احمد کے دل کے عارضے اور ذیابیطس کی دوا کے سلسلے میں فون کیا تھا۔Mom کا لفظ سنتے ہی آسیہ نے اپنے بیٹے کی آواز پہچان لی تھی۔ اُس کا دل اچھل کر جیسے حلق میں اٹکا چاہتا تھا۔ مگر اُس نے خود کو منفی انداز میں سمجھایا کہ یہ اُس کے بیٹے کی آواز کیسے ہو سکتی ہے۔ یہ تو کسی اور کی آواز ہے۔ اور دوسری بار ہیلو سُن کر اُسے ایسا ہی محسُوس ہوا تھا کہ یہ کسی اور کی آواز ہے۔ مگر جب اُس نے دوبارہ پوچھا تھا کہ کیا یہ اُس کی ماں بول رہی ہے تو وہ تڑپ اُٹھی تھی۔

"Grand Pa?" وہ سوالیہ انداز میں دھیرے سے بولا تھا۔

"ہاں۔ تمھارے دادا جان نہیں رہے بیٹا۔"

"کب آؤ گے گھر۔۔۔ اب آ جاؤ۔۔۔ اپنا کاروبار سنبھال لو۔۔۔ ہم نے تمہاری جدائی کے ان چار برس میں چار دہائیاں جی لی ہیں میرے لعل۔۔۔ اب ہم تھک گئے

ہیں۔۔۔ تم آ جاؤ۔۔۔ کوئی ایسے روٹھتا ہے۔۔۔ تم جو چاہے کام کرو۔۔۔ میں منالوں گی تمہارے ڈیڈ کو۔۔۔ آ جاؤ۔۔۔ Please بیٹا۔۔۔" آسیہ سسکیاں لیتی رہی۔ وہ اُس کی سسکِیاں ں سنتا رہا۔ اُس کے ہاتھ Key Board پر ٹھہرے رہے۔ مانیٹر پر فون نمبر کے ساتھ گھر کا پتہ درج تھا وہ پتھر کے بت سا مانیٹر کو دیکھتا رہا۔

"کب آؤ گے بیٹا۔۔۔؟" آسیہ کی گلوگیر آواز نے اُسے چونکا دیا۔ اُس کی آنکھوں سے آنسو چھلک پڑے۔

"Mom?" وہ دھیرے سے بولا۔

"Yes my baby" آسیہ کھنکھار کر بولی۔

"I don't need dad's money - I need your love- I need nothing else".......

وہ ہچکیاں لینے لگا۔

"I need you only--." وہ بمشکل بول رہا تھا۔

"Don't ask me to come home. You come and stay with me ..... will you ...... mom?..... please mama."

--"but why?

یہ تمھارا گھر ہے میرے بچّے۔ تمہاری جائداد ہے۔۔۔ تم وارث ہو اس گھر کے۔۔۔ تمہاری بہن اپنے گھر میں آباد ہے۔۔۔ یہ تمھارا ہے سب۔۔۔"

"You give it to her..... and come to me".

"اچھا تم گھر تو آ جاؤ۔۔۔ یہاں ہی بات کرلیں گے۔۔۔ تم آؤ تو صحیح۔۔۔"

"Mama first you come to me. Can you mom? Don't say

no please"!

"اچھا میرے بچّے۔۔۔ آؤنگی میں ہی پہلے۔"

اُس نے آسیہ کو پتہ لکھوایا۔

آسیہ نے گاڑی نکلوائی۔

راستے بھر اُس کے آنسو بہتے رہے۔

میرا بچہ۔۔۔ اب تو ایک بار بھی امّی نہیں کہتا۔ جانے کیسا لگتا ہوگا اب۔۔۔ کب وہ اُسے سینے سے لگائے گی۔

بتائے ہوئے پتے پر آسیہ بیگم نے بے قراری سے کال بیل بجائی تو ایک درمیانہ قد نوجوان نے دروازہ کھولا۔ اُس کے بال بھورے تھے اور چہرے پر داڑھی تھی۔ چشمے کے پیچھے اُس کی آنکھوں کی پُتلیاں بھی ہلکی بھوری نظر آرہی تھیں۔

"باسط سے ملنا ہے۔۔۔Does Basit live here" آسیہ لرزتی آواز میں بولی۔

لڑکا بغور آسیہ کو دیکھ رہا تھا۔

"I want to see my son Basit. Does he live here? He gave me this address".

آسیہ نے ہاتھ میں پکڑی پرچی اُس کی طرف بڑھائی۔ نوجوان نے چشمہ اُتارا اور پرچی کو ایک نظر دیکھا۔ آسیہ نے دیکھا کہ اس کی آنکھیں سوجی ہوئی تھیں۔۔۔ اور ابھی بھی آنسو بھرے تھے۔ بلکہ بہہ نکلے تھے۔۔۔"

"What happened"?

آسیہ نے جلدی سے پوچھا۔ آنسو بہہ کر لڑکے کی داڑھی میں گم ہوگئے۔

"Mom-" وہ دھیرے سے بولا۔

"تو کیا۔۔۔ تو کیا۔۔۔ تم۔۔۔ تم؟" آسیہ کا سر چکرانے لگا تو اُس نے بڑھ کر آسیہ کو تھام لیا۔

"I am not your son..... but..... but..... you are my mother. My mother died last year, whose voice was exactly like yours. I don't know how I--- how I called you mom, but you.... you are my mom. aren't you"?....

وہ آسیہ کو سہارا دے کر کمرے میں لے آیا اور اُسے صوفے پر بیٹھا کر خود فرش پر بیٹھ گیا اور سر اُس کے گھٹنوں پر رکھ کر ہچکیاں لیتا رہا۔

".Yes.... I ....am"

آسیہ نے اُس کے سر پر دونوں ہاتھ رکھ دیئے اور بلک بلک کر رو پڑی۔

***

چوری

"ارے ارے۔۔۔ ارے رکو۔۔۔ ارے۔۔۔ او بھائی۔۔۔ ارے کوئی پکڑو۔۔۔

وہ۔۔۔ چور چور۔۔۔ میں بھوکا مر جاؤں گا۔۔۔ ارے کوئی دوڑو۔۔۔ ارے۔۔۔"

دُبلا پتلا نو عمر حسن چلتے چلتے پلٹا اور مخالف سمت کی طرف دوڑنے لگا۔ بازار شروع ہونے سے پہلے آنے والے اس موڑ پر جہاں چوراہا تھا، کئی دن سے چور سرگرم تھے۔ موڑ سے کوئی سو قدم پیچھے بینک تھا۔ بینک والی سڑک چوڑی تھی اور ہر وقت مصروف بھی۔ کچھ آگے چل کر چوراہے کی بائیں جانب بازار شروع ہو جاتا۔ بازار کے اطراف چونکہ بستی تھی، اس لیے ہر وقت بھیڑ رہتی۔ کئی کشادہ گلیوں پر مشتمل اس بازار میں انڈے سے لے کر گاڑیوں کے پرزوں تک ہر شئے دستیاب تھی۔ ان کشادہ گلیوں کو بہت سی چھوٹی چھوٹی گلیاں، آپس میں ملاتی تھیں۔

دو دن پہلے بھی کچھ ایسا ہی واقعہ ہوا تھا۔ ایک آدمی بینک سے کچھ روپے لے کر نکلا تھا۔ رومال میں لپیٹ کر روپے اُس نے تھیلی میں رکھے تھے اور تھیلی کو لپیٹ کر مستطیل بنڈل بنا کر ہاتھ میں پکڑے چل رہا تھا۔ لگتا تھا جیسے صابن کی دو بڑی بڑی ٹکیاں ہوں۔ مگر کوئی شخص شاید اُس کا پیچھا کر رہا تھا کہ موڑ پر مڑتے ہی اُس نے لفافہ جھپٹا اور جانے کس گلی میں غائب ہو گیا۔ وہ چیختا رہا، لوگ اِدھر اُدھر دوڑے بھی مگر کوئی نتیجہ بر آمد نہ ہوا۔

اُس کے دوسرے دن بھی بینک والے موڑ پر ہی ایک آدمی کا بیگ چھینا گیا۔ اور کوئی پکڑا نہ گیا۔

آج جب حسن اُسی موڑ سے اندر بازار کی طرف مڑا تو کچھ قدم چلنے کے بعد ہی کوئی بھاگتا ہوا آیا اور اُس کے ہاتھ میں بڑی نفاست سے تھمی چوکور شکل میں لپٹی ہوئی چیز کو چھین کر بھاگا۔

مگر پیچھے سے سکوٹر پر ایک سردار جی آرہے تھے، حسن کو یوں بھوکا مر جانے کی دہائی دیتے سُن کر بجلی کی پھرتی سے پلٹے اور چور کو گردن سے پکڑ لیا۔ حسن نے دوڑ کر اُس کے ہاتھ سے تھیلی چھین لی تو پاس کے بزرگ دکان دار نے پکار کر شاباشی دی۔

"یہ ہوئی نا بات۔ ایسے بہادر ہوں تو یہ اُچکّے کسی کا کچھ نہیں بگاڑ سکیں گے۔۔۔ ذرا گن تو لو اپنی رقم۔۔۔ پھر اس کو پولیس کے حوالے کریں گے۔"

حسن حیرت سے اُن کا منھ دیکھتا رہ گیا۔

"کون سی رقم لالہ جی۔۔۔"

"ارے یہی یار۔۔۔ کیا معلوم اب تک ہی اس نے اُڑا لی ہو۔۔۔ اور خالی تھیلی تمہارے حصے آئی ہو۔۔۔" سردار جی نے حسن کے ہاتھ کی طرف اشارہ کیا۔

"یہ۔۔۔ یہ تو۔۔۔ یہ تو روٹی ہے میری۔ میری بیوی بڑے پیار سے پیک کرتی ہے اسے۔" وہ سُرمہ لگی آنکھیں جھپکا کر مسکرایا اور شرما کر آگے بڑھ گیا۔

* * *

یمبرزل

اس انجام کا خدشہ سب کو تھا مگر اس کی توقع کسی کو نہیں تھی۔ ماں اس پر یقین کرنے کو تیار نہیں تھی۔ باپ اسے قبول نہیں کر پا رہا تھا۔ یا ور ایسا سوچ بھی نہیں سکتا تھا۔ اور انیقہ۔۔۔

"نِکی باجی۔۔۔ یہ الجیبرا مجھے ضرور فیل کرے گا۔۔۔" یوسف نے پھرن کے اندر سے آگ بھری کانگڑی باہر نکال کر سبز گل بوٹوں والے سرخ قالین کے عین درمیان رکھ دی۔

"ہم سے تو یہ نہ ہو گا۔۔۔ نہ ہم پاس ہوں گے۔" وہ لانبی لانبی انگلیوں سے آڑھی مانگ کے دونوں اطراف کنگھا کرنے لگا اور گردن اُچکا کر دیوار میں لگے بڑے سے آئینے میں اپنا چہرہ دیکھنے کی کوشش کرتے ہوئے گنگنانے لگا۔

"چوپ۔۔۔ چوپ۔۔۔ "نِکی کی خاص کوشش کے بعد بھاری بنائی ہوئی آواز گونجی۔

"چُپ چاپ بیٹھے رہو۔۔۔ کانگڑی اٹھا کر کنارے نہیں رکھ سکتے تم یوسف، کسی کی ٹھوکر لگ گئی۔۔۔ تو۔۔۔؟"

"نکی باجی۔ یوسف بھائی تو خوامخواہ کانگڑی گود میں اُٹھائے پھرتے ہیں۔۔۔ اب ایسی سردی تو ہے نہیں۔ ابّو نے اس کمرے میں اسی لیے بخاری نہیں لگائی کہ ہم سب چُست

رہیں گے اور پڑھنے میں مصروف رہیں گے۔۔۔ خوب سارے کپڑے پہن کر کہاں لگتی ہے سردی۔۔۔ کانگڑی پھرن کے اندر ٹھونس کر جمائیاں لیتے رہتے ہیں۔۔۔ جب دیکھو۔۔۔ خاک پڑھیں گے۔۔۔؟"

یاور نے کتاب پر جھکا سر اُٹھا کر نکی کے چہرے پر اپنی طرف سے بڑی اہم بات کہہ کر ردِّ عمل جانچنے کی کوشش کی۔ اور ایک نظر آئینے میں یوسف کے عکس کو دیکھ کر نتھنے سکیڑ ے پھر ابرَو اوپر کو کھینچے اور دانت نکوس کر بغیر آواز ہنسا اور کتاب پر ایسی عجلت سے جھکا جیسے بہت ضروری سبق ادھورا چھوڑنا پڑا ہو۔

"آپ سے کِس نے رائے مانگی تھی۔۔۔" نکی نے آواز میں بھرا ہوا رعب ذرا کم کر کے کہا۔

"آپ اپنا کام کیجئے۔۔۔" وہ بولی۔

"ادھر لاؤ کتاب یوسف۔۔۔ ابھی تو سمجھایا تھا یہ سوال تم کو۔۔۔"

نکی نے لمبا سا رجسٹر اور کتاب اپنی طرف سرکائے تو یوسف فرش پر کہنیوں کے بل لیٹ گیا اور رجسٹر پر نظریں گاڑھ دیں۔

"اوپر اُٹھو یوسف۔۔۔ سونے کی تیاری مت کرونا۔۔۔ میرا ابھی کل پیپر ہے۔۔۔ پلیز۔۔۔"

نکی فوراً دبلی پتلی سی باریک آواز والی لڑکی بن گئی۔ اور یوسف جیسے کہ ہوش میں آ گیا۔

"اوہ۔۔۔Sorry نِکی باجی۔۔۔ ایک بار اور کوشش کرتا ہوں۔۔۔"

یوسف نے رجسٹر اور کتاب اپنی طرف سرکائے۔ کچھ لمحے نکی کی طرف دیکھتا رہا۔ گلابی جلد والا کتابی چہرہ۔ لمبی سی آنکھوں پر چھوٹا سا بغیر فریم کا چشمہ۔ رخسار پر کان کے

پیچھے سے آنے والے بالوں کی ایک پتلی سی لٹ۔ اور کان میں چھوٹی سی سنہری بالی۔ دوسری بالی اُس زاویئے سے نظر نہیں آتی تھی۔ باقی بال سر کے پیچھے کی طرف موٹے سے سیاہ ہیر بینڈ میں پھنسے تھے۔ دودھ ایسی سفید گردن پر دو ایک لاجوردی نسیں۔ اور گردن کے ساتھ لگا سیاہ رنگ کے سویڈ کے موٹے سے کپڑے پر بغیر کڑھائی کے کالر والے پھرن کا بند زپ۔ کلائی تک آتی ہوئی آستین میں سے جھانکتے نازک ہاتھ میں قلم۔ سامنے کئی کتابیں اور کاپیاں بکھری ہوئیں۔

"کیا سوچ رہے ہو اب۔۔۔ تم۔" نکی نے اُسے کچھ پل لگاتار دیکھ کر پوچھا۔

"نہیں۔۔۔ کچھ نہیں نکی باجی۔۔۔" وہ جلدی سے بولا اور کتاب پر جھک گیا۔ نکی نے دیوار سے ٹیک لگادی اور تلوے فرش پر رکھ کر موڑے ہوئے گھٹنوں پر کتاب پھیلادی۔

تینوں سر کتابوں پر جھک گئے۔

نکی یاور کی بڑی خالہ تبسم بیگم کی اکلوتی اولاد تھی۔ یاور کی ماں تنویر بیگم کی لاڈلی بھانجی، جو کچھ دن اپنی خالہ کے یہاں رہنے آئی تھی۔ بلکہ اس کی موجودگی میں اُس کا خالہ زاد بھائی یاور بھی پڑھنے کے معاملے میں ذرا سنجیدہ ہو جایا کرتا تھا۔ وہ جماعت ششم کا طالب علم تھا۔ نکی گیارہویں درجے کی طالبہ تھی۔ کچھ مہینوں پہلے تنویر بیگم اپنے جیٹھ کے بیٹے یوسف کو بھی اپنے یہاں لے آئی تھیں کہ وہ کچھ شرارتی واقع ہوا تھا اور تنویر چچی سے بہ نسبت اپنے والدین کے زیادہ مانوس تھا۔

"نکی باجی آپ خود تو پڑھ نہیں رہیں۔۔۔" یوسف نے سر ذرا اونچا کر کے نکی کی نوٹ بُک دیکھنے کی کوشش کی۔

"شاعری کر رہی ہوں گی نکی باجی۔" یاور نے بغیر سر اٹھائے کہا۔

"تم لوگ میرے استاد ہو یا میں تمہاری۔ چپ چاپ اپنا کام کرو۔۔۔ ورنہ ایک ایک

تھپڑ۔۔۔"

"آج تو آپ یوسف بھائی کے ایک تھپڑ جڑ۔۔۔"

"چپ بے ایک تھپڑ کے بچّے۔۔۔ نکی باجی صرف دھمکاتی ہیں۔۔۔ ماریں گی تھوڑے ہی۔۔۔"

"اب جس نے بات کی نا۔۔۔ تو ساری دھمکیاں سچ ہو جائیں گی۔ سمجھے تم لوگ۔۔۔ اتنا اچھا شعر ہوا ہے۔۔۔ مگر تم لوگ سوچنے کی مہلت دو تو نا۔۔۔"

"تو سنا دیجئے نا نکی باجی۔۔۔ پلیز۔۔۔ ورنہ یوسف بھائی بڑے خالو سے کہہ دیں گے۔۔۔"

یاور اپنا چھوٹا سا گورا ہاتھ ہونٹوں پہ رکھ کر ہنسا۔ نکی نے اس کی طرف نتھنے پھُلا کر اور آنکھیں سکیڑ کر دیکھا پھر دانت بھینچے۔ شہادت کی انگلی ناک پر رکھی اور آواز بھاری کر کے کھنکھارا کی۔

"خاموش۔۔۔" اُس نے سر جھٹک کر کہا اور تینوں کھِلکھلا کر ہنس پڑے۔

نکی نے تازہ ترین شعر سنایا اور یاور نے ہاتھ لہرا لہرا کر داد دی:

چھوڑ جانے سے پہلے، تصوّر ترا
ہے مجھے بھی بتانا کہاں چھوڑنا

"واہ نکی باجی۔ یہ اُسی غزل کا شعر ہے نا۔۔۔ جو آپ نے کل سنائی تھی۔۔۔"

"ہاں اُسی کا۔۔۔ اور سنائی نہیں پڑھی، کہا جاتا ہے۔" نکی نے یاور کو سمجھایا۔ یوسف نے نکی کی آنکھوں میں دیکھا۔

"ہاں۔۔۔

اس سے پہلے، پڑے یہ جہاں چھوڑنا

وقت کی ریت پر کچھ نشاں چھوڑنا"

اور ترنم سے شعر پڑھا۔

"تم سمجھدار ہو۔۔۔ورنہ لوگ تو شعر کا تماشا بنادیتے ہیں۔"

نکی نے ترچھی نظر سے یوسف کو دیکھا اور یاور کا گال تھپتھپا کر کہا۔

"اللہ۔۔۔اتنی سنجیدگی سے داد دی۔۔۔"یوسف نے چہرے پر خفگی کے آثار طاری کرنے کی کوشش کی۔

یاور اور یوسف دونوں چچازاد بھائی تھے اس لیے صورتوں میں مشابہت ممکن تھی مگر ان دونوں کے چہرے کافی حد تک ایک سے تھے۔ سیاہ گھنگھریالے بال، سرخ و سفید رنگت، متناسب دانت اور نیلی نیلی پتلیاں۔ دو چیزیں البتہ الگ تھیں کہ یوسف کا قد یاور سے کوئی دو فٹ زیادہ تھا بلکہ وہ تو نکی سے بھی فٹ بھر لمبا تھا اور دوسرے اُس کی مونچھیں اُگ آئی تھیں اور کہیں کہیں داڑھی بھی۔

اُس دن شہر کے سب سے بڑے چوک میں بم پھٹا تھا۔ کچھ فوجی جوان زخمی ہوئے تھے۔ کچھ عمارتیں جلی تھیں۔ ہر روز اسی طرح کا کچھ نہ کچھ ہوا کرتا تھا۔ سکون کی لے پر بہتے وقت میں کچھ ایسا انتشار اُٹھا کہ آٹھوں پہر اُتھل پُتھل ہو گئے۔

یوسف نکی کو گھر چھوڑنے جارہا تھا۔ اُس کے گھر کو مُڑنے والے موڑ پر دھواں اڑتا دکھائی دیا۔ لوگ بے تحاشا ادھر اُدھر بھاگ رہے تھے۔ چوڑی سڑک کی دوسری جانب بستی تھی اور اس طرف قبرستان۔ دور سے بکتر بند گاڑیوں کی آوازیں آرہی تھیں۔ لوگ تیزی سے سڑک پر سے غائب ہو رہے تھے۔ گولیوں کی آوازیں ان کا تعاقب کر رہی تھیں۔

بھاگتے ہوئے لوگوں میں سے ایک معلوم نہیں کیسے گر گیا۔ اُس کے پیچھے سے آ رہی فوجی گاڑی میں سے فائرنگ ہو رہی تھی۔ یوسف نے ایک لمحے کے کسی حصے میں دیکھا کہ گرے ہوئے آدمی کے بالکل قریب کوندا سا لپکا تھا اور گولی چلنے کی آواز آئی تھی۔ پھر سڑک پر گرا آدمی کوئی فٹ بھر اُچھلا اور دوبارہ سڑک پر آ رہا۔ یوسف سڑک کے کنارے کی طرف بھاگا۔

اُس نے مضبوطی سے نکی کا ہاتھ تھام رکھا تھا۔

یہ سب نکی نے بھی دیکھا تھا۔

سڑک کا کنارہ ختم ہوتے ہی ڈھلان شروع ہو جاتی تھی۔ وہ دونوں چند قدم اور نیچے کو بھاگے اور منڈیر کے ساتھ لگ گئے۔ نکی نے ہونٹوں پر ہاتھ رکھا تھا۔ ہچکیاں اس کے سینے میں گھٹ رہی تھیں۔ وہ چیخنا چاہتی تھی۔ یوسف نے اس کے شانے پر ہاتھ رکھ کر اُسے اپنے ساتھ زمین پر بٹھا دیا۔

کئی منٹوں تک وہ دونوں ہانپتے رہے۔ پھر ماحول پر سکوت طاری ہو گیا۔

نکی نے آنکھیں بند کر لیں اور سر پیچھے کو ٹکا دیا۔ رفتہ رفتہ ان کی سانسیں معمول پر آ گئیں۔ یوسف نے دیکھا کہ سامنے وسیع و عریض قبرستان کے احاطے میں کچھ قبریں ہیں اور بے شمار نرگس کے پھول کھلے ہیں۔

"نکی باجی۔۔۔ آپ کی رنگت بالکل یمبرزل جیسی ہے۔ یمبرزل کے پھولوں جیسی ہے۔ اگر آپ کا نام یمبرزل ہوتا تو بہت اچھا لگتا۔ جسے یہ لفظ سمجھ میں نہ آتا وہ آپ کو نرگس بلا سکتا تھا۔۔۔ ہے نا۔۔۔؟" یوسف ساکت بیٹھا سامنے دیکھتے ہوئے سرگوشی میں بولا۔ نکی نے فوراً آنکھیں کھول دیں اور بائیں جانب گردن موڑ کر اُسے حیرت اور اداسی سے دیکھا۔

"تمھیں موت کے سنّاٹے میں زندگی کی باتیں کیسے سوجھتی ہیں یوسف؟" وہ بے بس سی ہو کر بولی۔

"کتنے قریب تو ہیں دونوں۔۔۔زندگی اور موت۔۔۔دیکھا نہیں آپ نے۔۔۔" اُس نے آہستہ سے کہا۔ منڈیر کی اُس طرف سڑک پر کوئی آہٹ ہوئی تو یوسف نے سر ذرا سا اوپر اُچکا کر دیکھا۔۔۔ سڑک پر گرا آدمی اُٹھ گیا تھا اور لنگڑاتا ہوا دوسری طرف جا رہا تھا۔ اس نے ایک ہاتھ سے دوسرا کندھا تھام رکھا تھا۔

"وہ دیکھیے۔۔۔ وہ دیکھیے نکی باجی۔۔۔ میں نے سچ کہا تھا نا۔۔۔"یوسف بولا تو نکی نے جھانک کر دیکھا۔

"اللہ۔۔۔ تیرا شکر۔۔۔ تو پھر وہ۔۔۔ یہ۔۔۔ وہ گولی؟" وہ اپنے گلے کے قریب ہاتھ رکھ کر بولی۔

"اس کے بازو میں لگی ہوگی۔۔۔ شانے میں۔۔۔" وہ بولا۔

دونوں منڈیر سے لگے بیٹھے رہے۔

"نکی باجی۔۔۔ ایسا نہیں لگتا جیسے موت کا سکون سے کوئی گہرا رشتہ ہو۔ جیسے موت ہی سکون کا دوسرا نام ہو۔۔۔ زندگی، موت اور سکون۔۔۔ سب کا مفہوم ایک ہو گیا ہو۔۔۔ اس وقت ایسا نہیں لگ رہا۔" اُس نے نکی کی طرف گردن موڑ کر کہا۔

"ہاں۔۔۔شاید۔۔۔" نکی نے کچھ توقف سے کہا اور سامنے دیکھتی رہی۔

"نکی باجی۔۔۔" اس نے کہیں دور سے پکارا حالانکہ وہ دونوں ساتھ لگے بیٹھے تھے۔

"ہوں۔۔۔" وہ بغیر لب وا کیے بولی۔

"اگر اس وقت کوئی ہم پر بندوق تان دے تو۔۔۔؟"

"تو۔۔۔؟۔۔۔ کیا؟" اُس نے گردن موڑ کر یوسف کے چہرے کو دیکھا۔

"تو ہمیں جان بچانے کے لیے بھاگنا چاہئے کیا۔ ؟" یوسف نے پر سکون لہجے میں کہا۔
کئی لمحے خاموشی میں گزر گئے۔
"۔۔۔ نہیں۔۔۔" کچھ دیر بعد نکی نے اُسی لہجے میں جواب دیا اور کچھ اور پل اُس کے چہرے کو دیکھتی رہی۔ پھر ایک لمبی سانس بھر کر سر پیچھے ٹکا دیا۔ دونوں کے ہونٹوں پر ایک ابدی سی مسکراہٹ پھیل گئی۔

جب آگے پیچھے نتیجہ آیا تو نکِی چوری چھپے شعر کہنے کے باوجود بہت اچھے نمبر لائی۔ یاور کے بھی اچھے نمبر تھے۔ یوسف بس پاس ہو گیا۔
"اچھی طرح تو حل کر لیتے تھے تم سارے سوالات پھر حساب میں کم Marks کیوں آئے۔۔۔ اسی لیے ڈویژن اچھی نہیں آئی۔ اب تمھیں تمہاری پسند کے مضامین نہیں ملیں گے۔ اب پڑھنا۔۔۔ سمجھے۔" نکی نے اُس کا کان دھیرے سے پکڑا اور چھوڑ دیا۔ مطالعے کا کمرہ دوبارہ آباد ہو گیا تھا۔

"Maths کے پرچے کے دوران آپ کی بہت یاد آئی نکِی باجی۔۔۔ وہ آخری پرچہ تھا نا۔۔۔ آپ اُس سے پچھلی شام کو گھر جا چکی تھیں تو میں۔۔۔ میں۔۔۔" اُس نے سر جھکا لیا۔ الٹے ہاتھ پر ٹپ سے ایک آنسو گرا۔

تین چار سال سے لگاتار چلتا آرہا تناؤ۔ اس سال بھی زوروں پر تھا۔ ہر خطۂ زمیں کی طرح اس وادی نے بھی اپنے حصے کے اُتار چڑھاؤ جھیلے تھے۔
چاہے ہزاروں برس راج کرنے والے ہندو راجاؤں کے دور میں یا طلوع اسلام کے

بعد ایک ہی خاندان کے سلاطین کشمیر کی سینکڑوں برس کی حکومت میں، یا پھر سلطان زین العابدین کے بعد خانہ جنگیوں سے نجات دلانے والے چک بادشاہوں کے دور میں، ہر بدلتے منظر نامے نے تاریخ کے پنوں پر سرخ حاشیے کھینچے۔ مگر اس بار ایک عجیب سی بے چینی تھی جو کسی طرح قرار نہیں پا رہی تھی۔۔۔ اور زندگی پھر بھی رواں تھی۔

"اس بار سب محنت کریں گے۔۔۔ خود میرا بارہویں کا Exam ہے۔۔۔ اور وہ بھی سائنس۔۔۔ ماماں سنتی ہی نہیں میری بات۔۔۔ مجھے بھی محنت کرنا ہے بہت۔۔۔"

نکی نے ناک سکیڑ کر گردن ٹیڑھی کر کے کہا۔

"آپ ڈاکٹر بنیں گی۔۔۔ نکی باجی۔۔۔؟ یوسف دھیمی آواز میں بولا۔

"اور کیا۔۔ سب ہی پیچھے پڑے ہیں میرے۔۔۔ میں تو آرٹس پڑھنا چاہتی ہوں۔۔۔ چاہتی تھی۔۔۔"

"اور؟۔۔۔ میں۔۔۔ کیا کروں گا نِکی باجی۔۔۔؟" اُس کی آواز میں افسردگی سی تھی۔

اُس نے بال پوائنٹ کا پچھلا حصّہ دانتوں میں دبا رکھا تھا اور جھکے ہوئے سر اور اٹھی ہوئی نظروں سے نکی کے چہرے کو دیکھ رہا تھا۔

"تم کچھ اچھے مارکس لاتے تو تمھارا ایڈمیشن کامرس میں تو ہو ہی جاتا۔۔۔ اب بھی اگر تم محنت کرو اور اگلے سال بارہویں میں اچھے نمبرات لے آؤ تو کالج میں تم کامرس لے سکتے ہو۔ پھر MBA وغیرہ کر کے تمھارا کریئر۔۔۔"

"میں ویسے بھی ابّو کا سارا کاروبار سنبھالنے والا ہوں۔۔۔" وہ جیسے بے خیالی میں بولا۔

"مگر Qualified ہو کر سنبھالو گے تو پڑھے لکھے کہلاؤ گے۔۔۔ سب کی نظروں میں۔۔۔ تم محنت کرنا نا۔۔۔"

نکی اُس کے چہرے کی طرف دیکھتی رہی۔ پھر قلم اُس کے منھ سے نکال کر اُس کے ہاتھ میں دے دیا۔

"ورنہ پھر۔۔۔ جانے نکی باجی کہاں ہوں۔۔۔ اور آپ کہاں ہوں۔"

یاور نے پریشان سے لہجے میں دونوں کو باری باری دیکھ کر کہا۔۔۔ دونوں اسے خاموش دیکھتے رہ گئے۔ وہ دوبارہ اپنی نوٹ بُک پر جھک گیا تو ان دونوں نے ایک دوسرے کی جانب دیکھا۔ کچھ سیکنڈ یا کچھ منٹ یوں ہی گزر گئے۔ پھر نکی سر جھکا کر اپنی کتاب کو دیکھنے لگی۔

"میں محنت کروں گا۔۔۔ نکی باجی۔۔۔"

یوسف نے خالی خالی سی آواز میں کہا۔

"یوسف بھائی بول تو ایسے رہے ہیں جیسے کہہ رہے ہوں میں محنت کیسے کروں نکی باجی۔۔۔ میرے پاس اچھے کاموں کے لیے وقت ہی کہاں ہے۔"

باہر شور مچاتی ہوئی ہوا چلنے لگی۔ برآمدے کی طرف کھُلنے والے بھورے رنگ کے دروازے پر ٹیپسٹری کا سفید اور بھوری بیلوں والا پردہ پھول کر کُپا ہو گیا۔

"کیوں نہیں کریں گے۔۔۔ محنت۔۔۔" وہ کھوئے ہوئے لہجے میں بولی۔

"اور کیا۔ جانے ہر وقت کیا سوچتے رہتے ہیں۔۔۔ جانتی ہیں نکی باجی۔۔۔ پچھلے سال Exam کے دنوں میں بغیر پڑھے پاس ہوئے ہیں یہ۔۔۔ آپ تو سونے چلی جاتی تھیں۔۔۔ یہ میرے ساتھ یہیں پڑھتے تھے نا۔ پڑھتے کیا تھے بس۔۔۔ یوں ہی۔۔۔ ایک دن آدھی رات تک آپ کا Side Pose بنانے کی ناکام کوشش کرتے رہے۔۔۔

نہیں بنا پائے تو کاغذ پھاڑ کر تھوڑا سا روئے۔ اُس کے بعد کتاب ہاتھ میں لی۔ اُسے غور سے دیکھنا شروع ہی کیا تھا کہ۔۔۔ سو گئے۔۔۔ ہاہا۔۔۔ ہی ہی ہی۔۔۔"

اس دوران نکی چپ چاپ نوٹ بُک کی ورق پلٹتی رہی۔ اُس نے دفعتاً بالکنی کی طرف دیکھا۔

"آج برف گرے گی۔۔۔ یاور۔۔۔ یہ دونوں تکیے دروازے کے ساتھ لگا دو۔۔۔ اُف کتنی زوروں کی ہوا چل رہی ہے۔"

"پردہ پھولتا ہے تو الہ دین کا جن لگتا ہے۔ ہے نا۔۔۔ یوسف بھائی۔"

اُس رات جھیل ڈل میں واقع دو جزیروں میں سے ایک جزیرے کے بیچ ایستادہ چار چناروں کے درمیان دیودار کی لکڑی کے خوبصورت ریستوراں میں کسی نے آگ لگا دی تھی۔ سڑک کے اُس پار سرکاری مڈل سکول کی عمارت بھی جل رہی تھی۔

"کرفیو لگا رہا تو کہیں ہمارے Exams اب Postpone ہی نہ ہو جائیں۔" یوسف نے کتاب کو دیکھتے ہوئے کہا۔

"یوسف بھائی، آپ کی آواز سے کوئی اندازہ نہیں لگا سکتا کہ آپ کو تشویش ہو رہی ہے یا آپ اُمید کر رہے ہیں۔۔۔" یاور نے بغیر سر اوپر کیے کہا۔ یوسف ہلکے سے مسکرا دیا تھا اور نکی کچھ اونچی آواز میں ہنسی تو اس کی یوسف کے زاویئے سے نظر آنے والے کان کی بالی جھِل مِل کرتی ہلنے لگی۔ پھر اُس نے سر جھکا لیا۔

"ایسے تو وقت ضائع ہو گا۔۔۔" نکی نے کہا اور کچھ فکر مند سی نظر آنے لگی۔

"کچھ دن اور پڑھ لیں گے نا۔۔۔" یوسف نے آہستہ سے کہا۔

باہر ایک زور کا دھماکہ ہوا اور اوپر ٹین کی چھت کے نیچے، پٹتے ہوئے فرش پر مشرق کی طرف کھلنے والی کھڑکی کے دو شیشے چھناک سے ٹوٹ کر گرے۔ نیچے کمرے میں تینوں طالب علموں نے بیک وقت اوپر سیلنگ کی طرف دیکھا۔ لکڑی کے یکساں جسامت کے چھوٹے چھوٹے ٹکڑوں سے جوڑ کر بنائے گئے بے شمار دائروں والی ہشت پہلو ختم بند سیلنگ پر بھورے رنگ کا وارنش ہلکا سا چمک رہا تھا۔

"چھت پر شیشہ ٹوٹا ہے کوئی۔۔۔" یاور سیلنگ کی طرف دیکھتا رہا۔

"کسی نے کھڑکی کھلی رکھ چھوڑی ہو گی۔۔۔" اس نے یوسف کی طرف دیکھا۔

"بتادوں کیا۔۔۔یوسف بھائی۔۔۔نکی باجی کو۔۔۔" یاور نے کہا تو یوسف کے چہرے کا رنگ پل بھر کو بدلا۔ اور پھر اُس نے واپس اپنے چہرے پر نارمل سے تاثرات لاتے ہوئے کھڑکی کے شیشے سے باہر نظر جمادیں۔ جہاں سفیدے کے درختوں کی چوٹیاں نظر آرہی تھیں، جنہوں نے ہریالی جھٹک کر برف اوڑھ لی تھی۔

"درخت ایسے نہیں نظر آرہے جیسے مردے کفن اوڑھ کر کھڑے ہوگئے ہوں۔" یوسف نے قہقہہ لگایا۔

"بات کیوں ٹال رہے ہیں یوسف بھائی۔۔۔ چھت کی پچھلی کھڑکی کے پاس ابھی بھی کرسی پڑی ہے۔۔۔ جس پر بیٹھ کر جناب چاند کو دیکھ دیکھ کر۔۔۔ سگریٹ۔۔۔" یاور نے نکی کی طرف دیکھا۔

"سگریٹ۔۔۔" نکی کانپ سی گئی۔ یوسف نے مجرموں کی طرح سر جھکا لیا اور ہاتھ میں پین لیے کتاب کے چھپے ہوئے حصے کے اطراف سکیچ بناتا رہا۔ کناروں کے قریب ابھی کافی جگہ بچی ہوئی تھی جہاں وہ مزید کچھ چیزیں بنا سکتا تھا۔

"پرابلم کیا ہے تمہاری۔۔۔یوسف۔۔۔؟" نکی نے ماتھے پر بل ڈال کر کہا۔ اُس کے

لہجے میں غصے سے زیادہ حیرت اور بیچارگی عیاں تھی۔

"اگر آپ مجھ سے چھوٹی ہوتیں نکی باجی تو کیا ڈانٹتیں مجھ کو۔۔۔؟ یہ بھی تو ایک پرابلم ہے۔ میں اگر آپ سے بڑا ہوتا تو میرا Future پہلے طے ہو جاتا۔۔۔ اور۔۔۔ اور۔۔۔ "یوسف کی بات ادھوری رہ گئی کہ نئے آئے ملازم نے ہتھیلی سے زور زور سے کواڑ کھٹکھٹایا۔

"بی بی جی کھانے کے لیے بُلاتا۔۔۔" وہ بڑی بشاشت سے ٹوٹی پھوٹی اردو بولا۔

"تو کیا ہوتا مستقبل کا پتہ چل جانے سے۔۔۔" نکی نے گردن خم کی۔

"اصل میں نکی باجی، ان کو لگ رہا ہے کہ آپ آگے آگے بھاگ رہی ہیں اور یہ پیچھے بھاگتے ہوئے گر گر کر اُٹھ رہے ہیں۔۔۔ آپ Distinction لا رہی ہیں اور یہ بمشکل پاس ہو پاتے ہیں۔۔۔ خدانخواستہ کہیں فیل ہو گئے۔۔۔ تو۔۔۔ پھر۔۔۔"

"تو پھر۔۔۔ اور چھوٹا ہو جاؤں گا آپ سے۔۔۔ میں۔۔۔ میں۔۔۔ میرا دل۔۔۔ ہی نہیں لگتا۔۔۔ پڑھنے میں۔۔۔"

"اب زیادہ فلسفہ مت جھاڑو۔۔۔ پچھلے سال 10th تک تو اوّل آتے تھے۔۔۔ اصل میں مجھے ہی پڑھانا نہیں آتا۔۔۔ میں اب تم لوگوں کو۔۔۔ آج کے بعد۔۔۔" یاور نے جھٹ سے کتاب بند کی۔

"نہیں نہیں نکی باجی۔۔۔ یوسف بھائی کی غلطی کی سزا مجھے کیوں۔۔۔ میں تو نہایت شریف آدمی ہوں۔۔۔ محنتی بچہ ہوں۔۔۔ اچھا بچہ۔۔۔"

"بالکل، بالکل اُس میں کوئی شک کی گنجائش ہی نہیں۔" یوسف نے ہاتھ بڑھا کہ اس کا پہلو گدگدایا تو انگڑائی کے لیے اٹھی ہوئی باہیں گرا کر وہ زور سے ہنسا۔

امتحان ختم ہوئے تو نِکی نے بے شمار صفحے سیاہ کر دیئے۔

کالی کالی یہ تقدیر نیلی نیلی وہ آنکھیں

یا

خواب میرے ہیں کتنے ہرجائی

تیری آنکھوں میں جا کے رہنے لگے

وغیرہ قسم کے۔۔۔ اور نہ جانے اور کیا کیا۔

اُس دن سورج کی کرنیں چمکیلے آسمان سے ہوتی ہوئی باغیچے میں گر رہی تھیں۔ ٹین کی، ڈھلوان ساخت کی چھت سے برف پگھل پگھل کر بوندیں بن ٹپکتی رہی۔ ہوا کچھ تیز چلنے لگتی تو یہ بوندیں زمین پر گرنے سے پہلے جم جم جاتیں اور فقط کوئی مہین سا قطرہ گرتا، باقی پانی کی مخروطی نلیوں کی صورت رہ جاتیں۔

اونچی دیوار کے باہر سرکاری مکانوں کی قطاروں کے درمیان بنے چھوٹے سے راستے پر بچّے سائیکل چلا رہے تھے۔ آج کرفیو نہیں تھا۔ نکی دھوپ میں بیٹھی اخبار دیکھ رہی تھی۔ اُس کی ماں تبسم بیگم بھی آئی ہوئی تھیں اور تنویر خالہ کے ساتھ بیٹھی ساگ چن رہی تھیں۔ گیٹ پر گاڑی رکنے کی آواز آئی۔

"ڈرائیور آگیا۔۔ بازار ہو آئیں ذرا۔۔۔ ابھی تین گھنٹے کرفیو نہیں لگے گا۔"

تنویر بیگم گیٹ کی طرف پلٹ کر بولیں۔ جہاں ڈرائیور نہیں یوسف ہاتھ میں چابی لیے اندر داخل ہوا۔

"ارے۔۔۔ میرے بچّے۔۔۔ اٹھارہ کا تو ہو جا پہلے۔۔۔" تنویر بیگم کے چہرے پر پریشانی تھی۔

"اتنی اچھی تو چلاتا ہوں چچّی۔۔۔ پھر میں نے تو کالونی کے اندر ہی ڈرائیو کیا نا۔۔۔"

وہ مؤدبانہ بولا۔

"اللہ اپنی حفاظت میں رکھے۔۔۔ تمھیں۔۔۔" وہ دوبارہ ساگ چننے لگیں۔

"پھر میں اٹھارہ سے کم لگتا ہوں کیا۔۔۔" اُس نے نکی کے قریب جا کر اخبار اٹھاتے ہوئے تنویر بیگم کے پاس بیٹھ کر کہا۔

"نہیں۔۔۔ ماشاء اللہ وہ بات نہیں بیٹا۔۔۔ مگر پھر بھی تمھیں۔۔۔" تنویر بیگم نے اُس کے سر پر ہاتھ پھیرا۔

"جو بات غلط ہے۔۔۔ وہ غلط ہے۔ ٹھیک کہتی ہیں تنویر۔۔۔" نکی کی ماں نے ساگ کے بڑے سے ہرے ہرے پتّے پر سے ہرے رنگ کا چھوٹا سا رینگنے والا کیڑا اُٹھا کر باغیچے کی سوکھی گھاس والی بھیگی زمین پر پھینکا۔ دیوار پر سے ایک مینا نیچے اُڑ آئی اور کیڑے کو چُگ کر پھر اوپر کی طرف اُڑ گئی۔

"اُوئی۔۔۔ ماماں۔۔۔" نکی نے جھر جھری سی لے کر ماں کا چہرہ دیکھا۔

"مطلب۔۔۔؟" تبسم بیگم کی تیوری چڑھ گئی۔

"ڈرتی ہو۔۔۔ ؟۔۔۔ کیڑوں سے۔۔۔ ؟" تبسم بیگم نے حیرت، حقارت اور تشویش کو نہایت کمال سے اپنے لہجے میں شامل کر لیا تھا۔ ان کے نتھنے پھول گئے تھے۔

"تم Frog کو Dissect کرتی ہو Lab میں۔۔۔؟" انھوں نے آنکھیں پھیلا کر منھ ادھ کھلا چھوڑ دیا۔

"کل کو Human Body کو کیسے Dissect کرو گی تم۔۔۔ بولو۔۔۔؟"

اُنھوں نے سر پکڑ لیا۔

"میری اُمیدوں پر پانی پھیر دو گی۔۔۔ میرا ادھورا خواب پورا نہیں کرے گی یہ لڑکی۔۔۔ یہ ڈرپوک لڑکی۔۔۔ مجھے پہلے ہی خدشہ تھا اس کی طرف سے۔۔۔" انھوں نے

تنویر بیگم کی طرف دیکھ کر آواز میں دُکھ بھر کر کہا اور جلدی جلدی پلکیں جھپکنا شروع کیں، گویا آنسو پی رہی ہوں۔ پھر سر کو مزید جھکا کر ساگ بیننے لگیں۔ سب اُنہیں خاموش دیکھتے رہے۔

"نہیں۔۔۔ ماماں۔۔۔ جو آپ کہیں گی۔۔۔ میں وہی کروں گی۔" نکی روہانسی ہو کر بولی۔ یوسف نے اخبار کا صفحہ پلٹا۔

اگلے برس جس دن برفانی طوفان نے بہت سے درختوں اور کئی مکانوں کو اپنی لپیٹ میں لے لیا تھا۔ اُس دن تک اور بہت سی تبدیلیاں ہو چکی تھیں۔

امتحانوں کے نتائج آچکے تھے۔ یاور اچھے نمبروں سے پاس ہو کر نئی جماعت میں آدھا برس گذار چکا تھا۔ یوسف فیل ہو گیا تھا اور اُس کے گھر والے اُس سے نالاں تھے۔ نکی ماماں کی نگرانی میں Entrance کی تیاریوں میں مصروف تھی۔

پڑھنے کے کمرے میں یوسف اور یاور رہ گئے تھے۔

"نکی باجی کو یہاں بیٹھ کر کتنا اچھا لگتا ہو گا۔" یاور نکی کی جگہ تکیے سے ٹیک لگا کر بیٹھا اور کھڑکی سے باہر دیکھنے لگا۔

"تم اپنی جگہ بیٹھو نا۔۔۔ بڑوں کی جگہ نہیں بیٹھتے۔۔۔ اگر اس وقت نکی باجی آگئیں تو کیا سوچیں گی کہ میری جگہ بیٹھ گیا ہے یاور۔۔۔ شاید نہیں چاہتا کہ میں کبھی آکر پھر اس جگہ بیٹھوں۔" یوسف نے اپنی مخصوص جگہ پر بیٹھتے ہوئے آہستہ سے کہا تو یاور اُچھل کر اپنی نشست پر پہنچ گیا جیسے اُس کی نکی باجی آہی گئی ہوں۔

"ارے باپ رے۔۔۔ Sorry یوسف بھائی۔۔۔"

یوسف لمبے سے رجسٹر پر جھک گیا۔

نکی کے بائیں کان کی بالی جھل مل کرنے لگی۔

بالوں کی لٹ نے آدھا رخسار چھپالیا۔

نکی دانتوں میں قلم دبائے، پھولوں والے ہیئر بینڈ میں بال سمیٹ رہی ہے۔

رجسٹر کے تین صفحوں پر حساب کا ایک ہی سوال حل کیا گیا ہے۔ ایک سیاہ روشنائی سے۔۔۔ نکی کے ہاتھوں۔ دوسرے دو صفحوں پر یہ ہی سوال یوسف نے حل کرنے کی کوشش کی ہے جس پر نکی نے سرخ قلم سے تصحیح کی ہے۔ صفحے کے کنارے پہ دو آنکھیں بنی ہیں۔ ابھی ابھی یوسف نے پنسل سے بنائی ہیں۔ کالی کالی پتلیوں والی دو آنکھیں۔

نیلی آنکھوں میں پانی تیر رہا ہے۔۔۔ اگر پلک جھپک دی گئی تو۔۔۔ آنسو چہرے پر اُگی چھوٹی چھوٹی داڑھی میں سے ہوتا ہوا گردن پر بہہ نکلے گا۔۔۔ اور کہیں یاور دیکھ لے تو۔۔۔ اُس کا دل اُداس ہو جائے گا۔

لیکن یاور نے یوسف بھائی کی آنکھوں میں آنسو دیکھ لیے تھے۔

مختصر سی غلام گردش میں یاور کی باتوں کی آواز گونجی تو زینے پر نکی کے تیز تیز اٹھتے ہوئے قدموں کی آواز اور کپڑوں کی سرسراہٹ سنائی دی۔ وہ باورچی خانے سے نکل کر آتی ہوئی ماں سے ٹکراتے ٹکراتے بچی۔

"Sorry Maama"

"ابھی چوٹ لگ جاتی تو؟ کل آخری پرچے کے دن تم۔۔۔"

"توRest کر لیتی ماماں۔۔۔ میری ساری Preparation تو ہو چکی ہے آج تو میں کئی گھنٹے کی نیند بھی Afford کر سکتی ہوں۔۔۔ یہ جناب کدھر سے راستہ بھول گئے۔۔۔" وہ مسکراتی ہوئی بولتی چلی گئی۔

"اللہ نے میری سن لی۔۔۔ خالہ۔۔۔ "یاور نے تبسم بیگم کا ہاتھ پکڑ لیا۔ وہ نکی کی طرف دیکھ رہی تھیں۔ ابروؤں کے درمیان ایک لکیر کھنچی تھی۔ تبسم بیگم اس کی طرف پلٹیں تو وہ نکی باجی کو دیکھنے لگا۔

"اسلام و علیکم نکی باجی۔۔۔ آنکھوں کے گرد کے گڈّھے بتا رہے ہیں کہ خوب پڑھائیاں ہو رہی ہیں۔۔۔ بلکہ ہو چکی ہیں۔۔۔ کچھ اپنا یہ چھوٹا سا بھائی بھی یاد ہے۔۔۔ کل میرا Maths کا Exam ہے۔۔۔ "وہ فکر مند نظر آنے لگا۔

"صرف ایک گھنٹہ چاہئے آپ کا نکی باجی۔۔۔ آپ اپنی books لے چلئے۔۔۔ وہیں Revise کر لیجئے گا۔۔۔ "وہ تبسم بیگم کے چہرے کی طرف دیکھنے لگا۔

"خالہ آج نکی باجی کو بھیج دیں میرے ساتھ۔۔۔ قسم سے بالکل کچھ نہیں آتا مجھے۔۔۔ فیل ہو جاؤں گا خالہ۔۔۔ رہی سہی عزت خاک میں مل جائے گی۔"

"چپ۔۔۔ بدمعاش کہیں کا۔۔۔ تو تو ماشاء اللہ خود قابل لڑکا ہے۔ اس کا تو بیٹا Last۔۔۔"

"خالہ آپ یقین کریں یہ آٹھویں درجے کا Maths اس قدر مشکل ہے کہ کچھ سمجھ میں نہیں آتا۔ اور پھر نکی باجی بے چاری جیسے قید بامشقت کاٹ رہی ہیں۔ ان کی بھی کچھ Outing ہو جائے گی۔۔۔ امّی نے تاکید کی تھی خالہ۔۔۔ کہ نکی باجی کو کچھ روز کے لیے ساتھ لے آؤں۔۔۔ امی نے انھیں خواب میں دیکھا تھا۔۔۔ یاد کر کے تڑپ رہیں تھیں۔۔۔ آپ کو میرے سر کی قسم خالہ۔۔۔"

یاور نے تبسم بیگم کا ہاتھ جھٹ اپنے سر پر رکھ لیا۔

تنویر بیگم نے نکی کو گلے سے لگایا تو وہ ان کی باہوں میں جیسے غائب سی ہو گئی۔

"میری بچّی۔۔۔ میری جان۔۔۔ یہ کیا مصیبت ہے یہ Entrance۔اُف ننھی سی جان۔۔۔"

نکی اُن کے سینے سے لگی رہی۔ تنویر خالہ کے پیچھے کوئی چھ قدم کے فاصلے پر ادھ کھلے دروازے کی دہلیز میں کھڑے یوسف کے چہرے پر مبہم سی مسکراہٹ تھی۔ خالہ کے کندھے کے اوپر سے ہو کر نکی کی نگاہیں جب اس سے ملیں تو وہ کمرے کے اندر چلا گیا۔ پھر دبیز سرخ قالین پر دو قلابازیاں کھائیں اور نکی کی نشست کے تکیے کا غلاف درست کرنے لگا۔

اُس رات ساتویں کے چاند کی پھیکی چاندنی میں ٹین کی چھت والا مکان ہلکی ہلکی چمک بکھیرتا پُر سکون سو رہا تھا۔

صرف پڑھنے کا کمرہ روشن تھا۔

یاور پڑھتے پڑھتے حساب کی کاپی پر رخسار رکھ کر سو گیا۔

"صرف دس منٹ تک آرام کر سکتے ہو۔۔ تم؟ نکی نے اُس کا سر سہلاتے ہوئے کہا۔ اُس نے دھیرے سے آنکھیں نیم وا کیں اور پھر موندلیں۔

"پھر دو آخری سوال۔۔۔ اور چھٹی۔۔۔ تمہاری تیاری مکمل ہے۔۔۔ "وہ بولی۔ یاور نیند کے جھونکوں کے درمیان ایک پل کو ہلکے سے مسکرایا اور دوسرے پل کمرے میں اُس کے چھوٹے چھوٹے خراٹے گونجنے لگے۔

وہ دونوں اسے چپ چاپ دیکھتے رہے ان کے چہروں پر بھی ایک پر سکون سی مسکراہٹ پھیلی ہوئی تھی۔

"اب۔۔۔ کیا کرو گے۔۔۔ یوسف۔۔۔ "نکی کا چہرہ اُداس ہو گیا۔

"اب کیا ہو گا۔۔۔ نکی باجی۔۔۔ اب کیا ہو سکتا ہے۔۔۔ آپ۔۔۔ آپ۔۔۔" دور کہیں مشین گن نے لگا تار کئی گولیاں برسائیں۔

باغیچے میں ایستادہ سفیدے کے درختوں میں کوّے یہاں وہاں اڑ کر کائیں کائیں کرنے لگے۔ کچھ دیر بعد ماحول پر دوبارہ سکوت چھا گیا۔

"میں اور پیچھے رہ گیا نکی باجی۔۔۔ ہم ساتھ نہیں چل سکیں گے نا۔۔۔ اب۔۔۔ اور کوئی راستہ نہیں نا۔۔۔ اب اور کچھ نہیں ہو سکتا نا۔۔۔ ہے نا۔۔۔ نکی باجی۔۔۔"

یوسف کی آواز کا کرب واضح ہو گیا تھا۔ نکی نے سر بہت زیادہ جھکا لیا تھا۔ وہ سوئے ہوئے یاور کے بالوں میں انگلیاں پروتی رہی۔ آنسو اس کی آنکھوں سے بہہ بہہ کر اُس کے حلق کے قریب دوپٹے میں جذب ہوتے گئے۔

"آپ کچھ نہ بولیں گی نکی باجی۔۔۔ میں جانتا ہوں۔۔۔" اُس کی تھکی ہوئی آواز میں شکوہ ہی شکوہ تھا۔

"مگر میں بھی۔۔۔ نہیں رہوں گا۔۔۔ نکی باجی۔۔۔" اُس کی آواز یکایک تیز ہو گئی۔

"۔۔۔ چلا جاؤں گا۔۔۔ میں۔۔۔" آواز پھر مدھم ہو گئی تھی۔ نکی نے سر اُٹھا کر اس کے چہرے کی طرف دیکھا۔ پریشان پریشان سے چہرے پر ویران ویران سی آنکھیں۔ چھوٹی چھوٹی مونچھیں۔ داڑھی کچھ گھنی ہو گئی تھی۔ اتنی کہ سرخ و سفید چہرے پر ایک سیاہ حاشیہ بنا کر اسے مزید خوش شکل بنا رہی تھی۔

آنسو بہہ نکلے تھے۔

"چلا جاؤں گا۔۔۔ دور۔۔۔ آپ سے۔۔۔ اتنا دور کہ۔۔۔ کہ۔۔۔" اُس نے دبی دبی سی ہچکی لی۔ نکی نے بے اختیار اپنے گلے پر ہاتھ رکھ دیا۔ جیسے اُس کا دم گھٹنے لگا ہو۔

"نہیں۔" وہ آواز کی لرزش پر قابو پانے کی کوشش کرتی رہی۔

"نکی باجی میں۔۔لِفٹنٹ بن جاؤں گا۔۔۔دنیا چھوڑ دوں گا۔"

"نہیں۔۔۔ پاگل ہو گئے ہو کیا۔۔۔ یہ سب کیا کہہ رہے ہو۔" نکی تڑپ کر بولی اور اُس کے چہرے کی طرف دیکھتی رہی۔

"تم تنویر خالہ سے۔۔۔ اگر بات کرو۔۔۔ تو۔۔۔ وہ ہم دونوں کو کتنا عزیز رکھتی ہیں۔" نکی نے دوپٹے سے آنکھیں خشک کیں۔اور ٹھہر ٹھہر کر کہا۔

"ماماں کو سمجھا سکتی ہیں۔۔۔ ہیں نا؟"

"۔۔۔ ہاں۔۔۔ شاید۔۔۔ شاید۔۔۔" بجھی بجھی آنکھوں میں امید کی قندیل سی روشن ہوئی۔

جس دن نکی کی ماں نکی کی کامیابی کی خوشیاں منا رہی تھی۔ اُس دن نکی پتھر کی طرح خاموش ہو گئی تھی۔

اسی دن یوسف نے تنویر خالہ سے بات کی تھی۔اور تنویر خالہ کچھ لمحوں تک کچھ بھی نہ بولی تھیں۔یوسف کے چہرے کو دیکھتی رہ گئی تھیں کہ کہیں وہ مذاق تو نہیں کر رہا۔ مگر اُس کے چہرے پر ایسی سنجیدگی تھی کہ تنویر بیگم خود کو بے بس سا محسوس کرنے لگیں۔ لیکن پھر اس کے سر پر ہاتھ پھیر کر مسکرائیں۔

"وہ تو تمہاری بڑی بہن ہے بیٹا۔۔۔ مذاق کرتے ہو اپنی چچی سے۔؟وہ بھی ایک بے جوڑ سی بات کے لیے۔اُس کی ماں۔ میری زبان سے کہیں ایسا سن لے۔ تو مجھے زندگی بھر معاف نہ کرے۔ جانتے ہو تم ان کا مزاج۔۔۔" انھوں نے چولہے پر چڑھی نمک والی چائے سے بھرے تانبے کے گول پیندے والے پتیلے میں ذرا سا جھانکا۔اور چائے کا رنگ جانچنے کے لیے تانبے کے لمبے دستے والا کفگیر، پتیلے میں گھمانے کے بعد اس میں چائے بھر

بھر کر واپس ڈالتی رہیں۔ جالی والے دستے کے اندر پڑی کنکریاں، اوپر نیچے ہونے سے چھن چھن بجنے لگیں۔ کفگیر پتیلی کے کناروں پر ٹکا کر تبسم بیگم ریفریجریٹر کی طرف دودھ لینے کو بڑھیں۔ اس دوران انھوں نے یوسف کی طرف نظر نہیں اٹھائی۔

"جانتی ہوں میرا بیٹا مجھے ایسے امتحان میں کبھی نہیں ڈالے گا۔" انھوں نے دودھ کے ساتھ چائے کی پیالیوں میں ڈالنے کے لیے بالائی کی کٹوری نکالی اور یوسف کی طرف نگاہ ڈالی۔ وہ دیوار سے لگا انھیں ہی دیکھ رہا تھا۔

"بیٹھو میں چائے لا رہی ہوں۔۔۔" انھوں نے مسکرا کر کہا۔ اور ملازم کو دستر خوان بچھانے کے لیے آواز لگائی جو گھر کے پچھواڑے باڑی میں پتہ گوبھی کے لمبے پتّے توڑ توڑ کر رات کے کھانے میں بننے والے کسی سالن کے لیے بید کی ٹوکری میں جمع کر رہا تھا۔

تنویر بیگم جب ملازم کو آواز لگا کر کھڑکی سے پلٹیں تو دیکھا کہ یوسف جا چکا ہے۔

کہتے ہیں وہ رات قیامت کی رات تھی۔ اندرونِ شہر، ہر گھر میں چھاپے پڑے تھے۔ خطاوار دھماکے کر کے غائب ہو گئے تھے اور بے گناہوں کو غالباً غلط مخبری کی وجہ سے دھڑا دھڑ پکڑ کر کسی نامعلوم منزل کی طرف لے جایا جا رہا تھا۔

ہوسٹل سے چھٹیوں میں گھر لوٹے دو بھائیوں کو ان کے والدین کے سامنے دہشت گردی کے الزام میں گولیاں ماری گئی تھیں۔ غصے یا غلط فہمی یا کسی اور انجانی وجہ سے۔

رہ رہ کر انسانی چیخیں کانوں میں پڑتیں تھیں۔ اُس رات شہر میں شاید ہی کوئی سویا تھا کہ موت کے آنے کے ڈر کے ساتھ ساتھ عزت کے جانے کا خوف بھی تھا۔

تنویر بیگم کے وہاں سے نکل کر یوسف اسی سڑک پر چل رہا تھا جہاں چوراہے کا ایک راستہ جھیل کی طرف جاتا تھا۔ ایک پہاڑی کی طرف۔ ایک شہر کے اندر والے علاقے کی

طرف اور ایک نکی کے گھر کی طرف۔

اس سڑک سے گزرتے ہوئے اُس کی رفتار غیر ارادی طور پر دھیمی ہو گئی۔ بے اختیار نگاہیں داہنی جانب ڈھلان کی طرف اُٹھ گئیں۔ بغیر گونجے ایک آواز سماعت تک آ گئی۔

تمھیں موت کے سناٹے میں زندگی کی باتیں کیسے سوجھتی ہیں یوسف۔

آج سے زندگی کی بات نہیں کروں گا نکی باجی۔۔۔

کاش اُس دن کوئی بندوق تان دیتا۔۔۔ ہم پر۔۔۔ کتنی پر سکون۔۔۔ کتنی حیات بخش موت ہوتی۔۔۔ میں یوں۔۔۔ زندگی سے بھاگ۔۔۔ نہ رہا ہوتا۔۔۔ مگر اب مجھے بھاگنا چاہیے یہاں سے۔۔۔ مجھے۔۔۔ بھاگنا۔۔۔ چاہیے۔۔۔ نِکی باجی۔۔۔ میں دور جا رہا ہوں آپ سے۔۔۔ بہت دور نکی باجی۔۔۔ بہت دور۔۔۔

اس کی آنکھوں میں آنسو بھر آئے۔۔۔ ڈھلان کے اس طرف کنارے پر اُگی گھاس سوکھ کر بے رنگ ہو گئی تھی۔

وہ بھاری بھاری قدم اٹھاتا ہوا طویل سڑک پر چلا جا رہا تھا۔ راستے میں کہیں کہیں دوکانیں تھیں جو بند ہو رہی تھی۔

ابھی تو اندھیرا ابھی نہیں ہوا۔۔۔ تو پھر۔۔۔ دُکانیں کیوں بند۔۔۔

ہوا کریں۔ اُسے کسی سے کوئی مطلب نہیں۔ اس نے کچھ اور قدم آگے بڑھائے ہی تھے کہ سائرن کی تیز آواز کانوں سے ٹکرائی۔ اس نے دائیں بائیں دیکھا بس یوں ہی بے خیالی میں شاید۔ سڑک ویران تھی اور تمام دکانیں بند ہو چکی تھیں۔ سائرن کے بعد لاؤڈ سپیکر پر کوئی اعلان ہوا۔ آواز دور سے آ رہی تھی۔ وہ چلتا رہا۔ یہاں تک کہ سڑک ایک موڑ پر مڑ گئی۔ کچھ فاصلے سے بکتر بند گاڑیاں آتی دکھائی دیں۔ وہ ویسے ہی چلا جا رہا تھا۔

میں ۔۔۔ جارہا ۔۔۔ ہوں ۔۔۔ نکی باجی ۔۔۔ میں ۔

دفعتاً موڑ پر بائیں جانب کو بستی کے اندر جاتی ہوئی کچی سڑک پر کسی نے اس کا بازو پکڑ کر اسے اندر گلی میں کھینچ لیا۔

"کہاں جارہے ہو ۔۔۔ کرفیو میں ۔۔۔ پاگل ہو گیا ۔۔۔ ؟" ایک داڑھی والا نوجوان تھا۔ اُس کے ساتھ تقریباً یوسف کی عمر کا ایک لڑکا تھا جس نے دونوں ہاتھوں میں گیندیں سی تھام رکھی تھیں۔ داڑھی والے نوجوان کے پاس ایک تھیلا تھا۔ جس میں کچھ سامان تھا۔ اُس نے وہ تھیلا اُسی زینے پر رکھا تھا جہاں اُس نے یوسف کو کھینچ کر بٹھا دیا تھا۔ زینہ کسی مکان کے پچھواڑے سے ملحقہ تھا جو ایک تنگ گلی میں کھلتا تھا۔ اس سے پہلے کہ یوسف کچھ کہنے کے لیے زبان کھولتا، اس نے دیکھا کہ موڑ کے قریب پہنچنے سے بہت پہلے، اس کا ہم عمر لڑکا گاڑیوں کی طرف دوڑا اور دو گاڑیوں کو اپنی گیندوں کا نشانہ بنا کر ایک اور گلی کی طرف بھاگا ۔۔۔ داڑھی والے نوجوان نے کانوں پر ہاتھ دھر لیے۔ فلک شگاف دھماکہ ہوا۔

"اِناللّٰہ واِنا الیہ راجعون۔" نوجوان زیرلب بولا۔

"کک ۔۔۔ کک ۔۔۔ کیا ہوا؟" یوسف بری طرح گھبر ا گیا تھا۔

"شاہباز شہید ہو گیا ۔۔۔ وطن پر ۔۔۔ قربان ہوا ۔۔۔ دین پر قربان ہوا ۔۔۔" نوجوان نے بارعب سی آواز میں کہا۔ اور آسماں کی طرف اُڑ رہے سیاہ دبیز دھوئیں کو دیکھنے لگا۔

"آقا۔" شاہباز اسی لمحہ گلی میں نمودار ہوا تھا۔

"تم ۔۔۔ تم ۔۔۔ شہید نہیں ہوئے ۔۔۔ ؟" وہ تعجب اور تاسف سے بولا۔

"نہیں ۔۔۔ آقا ۔۔۔" شاہباز نے سر جھکا دیا۔

"کیوں بدنصیب۔۔۔" اس نے داہنا ہاتھ ہوا میں اوپر سے نیچے کو لہرایا۔

"باقی کی Convoy بہت دور تھی۔۔۔ میں کس پر کودتا۔۔۔" وہ آہستہ سے بولا۔

"آہ بدبخت۔۔۔ کیا اسی دن کے لیے ہم نے تمھیں شاہ باز کا خطاب دیا تھا۔ جب تک گاڑیاں سامنے آتیں خود دوڑ کر قریب چلے جاتے۔۔۔ اسی لیے ہم نے کہا تھا کہ فدا ہونے کے لیے دستی بم ایسے با اثر نہ ہوں گے۔ دوسرے ہوتے تو ہم خود ریموٹ سے کنٹرول کرتے۔۔۔ اور اب تک تم جنّت میں ہوتے اور ان کا کام تمام ہو گیا ہوتا۔ تمہارے بعد جب تمہارے والدین انتقال کرتے تو وہ بھی جنت میں جاتے۔ کم سے کم اتنا تو سوچتے۔ وہیں ڈٹ جاتے گاڑیاں تو آ ہی جاتیں۔ دیکھو اس کے بعد کانوائی نے رخ موڑ دیا۔" نوجوان نے ٹھنڈی آہ بھری۔

"اگر کوئی شہید ہوتا ہے تو کیا اس کے والدین جنت میں جاتے ہیں؟" یوسف نے نوجوان کو خاموش ہوتے دیکھ کر فوراً سوال کیا۔

"ہاں۔۔۔ بالکل۔۔۔ ایسا ہی ہوتا ہے۔۔۔" نوجوان نے نہایت سنجیدگی سے کہا۔

"مگر میں نے تو ایسا کہیں نہیں پڑھا۔ حافظ کی ماں جنت میں جاتی ہے۔ وہ بھی اگر اُس نے خود اپنی اولاد کو حفظِ کلام اللہ کرایا ہو۔۔۔ ورنہ میں نے کسی حدیث میں یہ نہیں پڑھا کہ۔۔۔" یوسف نے تجسّس سے کہا۔

"نادان ہو تم۔۔۔ جہاد کے راستے میں۔۔۔" وہ ہاتھ آسمان کی طرف اٹھا کر خاصی گھمبیر آواز میں کچھ کہتے کہتے رُکا۔

"یہاں کریک ڈاؤن ہو گا۔ بھاگو۔ جلدی۔۔۔" اُس کی آواز دفعتاً خوف سے بھر گئی۔ شاہباز پھرن کے اندر پہنی ہوئی واسکٹ کی جیبوں میں بھرے بم نکال نکال کر زینے پر رکھے تھیلے میں ڈال رہا تھا۔

"رہنے دو۔۔۔ بعد میں نکال لینا۔۔۔ پکڑے جائیں گے ورنہ۔۔۔ "نوجوان جلدی سے اٹھتے ہوئے بولا۔

"راستے میں۔۔۔ کہیں پھٹ گیا آقا۔۔۔ تو؟"

"تم اتنے خوش نصیب کہاں ہو۔۔۔ "نوجوان نے اُسے نظر بھر کر دیکھا۔

"آقا میرا۔۔۔ میرا مطلب تھا اگر غلط جگہ کہیں پھٹ گیا۔۔۔ تو۔۔۔ تو۔۔۔ خدانخواستہ آپ کو۔۔۔ کہیں آپ۔"وہ ہکلایا۔

"اگر آپ اجازت دیں تو۔۔۔ تھیلا میں سنبھال لوں۔"یوسف نے مضبوط لہجے میں کہا۔

نوجوان مسکرادیا۔

"مبارک۔ صد مبارک۔"اُس نے یوسف کو بغور دیکھا اور گلی کے اندر مڑ گیا۔

کہتے ہیں وہ رات قیامت کی رات تھی۔

وادی کے حالات ابتر ہوتے گئے۔ کس نے اس سکون پر شب خوں مارا۔ کوئی اپنے گھر میں تو ایسا نہیں کرتا۔ کوئی باہر کا ہو گا۔ مگر باہر کے بھی سب لوگ تو ایسی سوچ نہیں رکھ سکتے۔ کچھ منفی سوچ والے افراد نادانی، غرور اور غلط فہمی کا شکار ہو گئے ہوں گے کہ صدیوں سے ایسا ہوتا آیا ہے اور کبھی بھی، کہیں بھی ہو سکتا ہے۔

اس خطے کے ساتھ سولہویں صدی سے ہی یہ سلسلہ شروع ہو گیا تھا۔ چندر گپت موریہ اور پھر اشوک کے مہان ہندوستان کو افغانستان اور نیپال کی آخری سرحدوں تک وسیع کرنے والی عظیم الشان سلطنتِ مغلیہ کے شہنشاہوں نے بھی ایسا ہی کیا، جب شاعرۂ معروف و مقبول اور ہر دل عزیز ملکۂ کشمیر زون، یعنی چودھویں کا چاند ّملقب ّحبہ خاتون کے

شاعر بادشاہ یوسف شاہِ چک کو اکبر اعظم نے دھوکے سے قید کر لیا تھا۔ شاہ غریب الوطنی میں اپنی ملکہ سے دور انتقال کر گیا۔ وطن کی مٹی بھی اسے نصیب نہ ہوئی۔۔۔ اور ملکہ روتے روتے دیوانی ہو گئی۔ ہجر کے نغموں سے بیاضیں سیاہ کر دیں۔ اور آخر کار اپنے یوسف کو پکارتے پکارتے حبہ خاتون نے بھی اس دنیا کو خیر باد کہہ دیا۔ وادی میں اُس کے نغمے گونجتے رہے۔

'نادلائے، میانہِ یُوسُوفوولو'۔

(پکارتی ہوں میں تجھ کو مرے یوسف آجا)

اور گونجتے رہیں گے۔

پھر افغانستان سے افغان آئے۔

شامتِ اعمال سے افغان حاکم ہو گئے

آئے وہ اور طالع بیدار اپنے سو گئے

کسی شاعر نے احتجاجاً شعر کہا تھا۔ پھر پنجاب سے سکھ، کیا کیا ٹیکس لگائے گئے تھے۔ اُن کے دور میں۔ اور پھر سات سمندر پار سے انگریزوں نے آکر وادی جموں کے ڈوگروں کو فروخت کر دی۔ ایک 'native' کو دوسرے 'native' کا آقا بنا دیا۔ وہ بھی ایک تکلیف دہ دور تھا۔ کشمیریوں کو تو مطلق العنان مہاراجہ سے آزادی چاہئے تھی۔۔۔ سب نے جی بھر کے ظلم ڈھائے۔۔۔

نکی نے کتابوں میں یہ سب پڑھا تھا۔

کشمیری۔۔۔ محکوم ہی رہے۔۔۔ صدیوں۔۔۔

اب کہیں آدھی صدی بھر پہلے جمہوریت آئی۔۔۔ تو۔۔۔ کچھ سکون کے بعد پھر یہ بے سکون شب و روز۔ کیوں ہو رہا ہے یہ سب۔ کیوں۔۔۔

جانے کیوں آج اُسے بالکل ہی نیند نہیں آ رہی تھی۔ جانے کیا کیا سوچ رہی تھی وہ آج۔ کبھی کبھی اچانک گھبرا اٹھتی تھی۔ نہیں اچانک نہیں۔ جب کہیں سے کسی دھماکے کی آواز آتی۔ اور آواز تھی کہ بار بار آ جاتی۔

ادھر رات تھی کہ طویل ہوئی جاتی تھی۔ اگر صبح ہو جاتی تو وہ تنویر خالہ کے وہاں فون کر کے خیریت معلوم کرتی ان کی۔۔۔ سب کی۔۔۔ سب کی خیریت۔ اسے رہ رہ کر جانے کیسی محرومی کا احساس ہو رہا تھا۔ ایک عجیب سے خالی پن کا۔ ایک جان لیوا سی فکر کا۔ کون سی فکر تھی یہ۔ اُسے ٹھیک سے کچھ سمجھ نہیں آ رہا تھا۔ وہ یاور سے بات کرنا چاہ رہی تھی۔ یا شاید۔۔۔ اگر یوسف سے کوئی بات۔۔۔ کوئی بات ہو پاتی۔۔۔ اگر۔۔۔ یاور سے بھی کوئی رابطہ نہ ہوا تھا کل سے۔۔۔ شاید یوسف نے تنویر خالہ سے کوئی بات کی ہو۔ کوئی پر امید بات ہوتی تو اب تک۔۔۔

صبح تنویر بیگم کو معلوم ہوا کہ یوسف کل رات اپنے گھر نہیں گیا تو اُن کے ہاتھ پاؤں پھول گئے۔ اُنہوں نے دو ایک جگہ اور فون کرنے کے بعد نکی کے یہاں فون کیا تھا کہ شاید کسی کو معلوم ہو۔۔۔ تو نکی کا سر زور سے چکرایا تھا۔۔۔

چلا جاؤں گا نکی باجی۔۔۔ دور چلا جاؤں گا۔۔۔ اتنا دور ہو جاؤں گا کہ۔۔۔ آپ۔۔۔

یوسف نے دبی دبی ہچکی لی تھی۔

نکی بے ہوش ہو چکی تھی۔

کئی روز ہو گئے تھے۔ یوسف کی کوئی خبر نہ تھی۔ اُس کے والد کو دل کا دورہ پڑ چکا تھا۔ اُس کی فربہ اندام ماں کا وزن آدھا ہو گیا تھا۔ اور اس کی تنویر چچی اپنی بھابی سے نظر نہ ملاتی تھی۔ اور یوسف کی سلامتی کی دعائیں مانگا کرتی۔

نکی پتھر کی مورت سی طبی کالج جایا کرتی۔

جب دن مہینوں میں بدلے اور تین مہینے ہو گئے تب ایک دن یاور کو اپنے سکول کے باہر یوسف کھڑا نظر آیا۔ وہ دوڑ کر اُس سے لپٹ گیا۔

"کہاں چلے گئے تھے یوسف بھائی۔۔۔" وہ رو پڑا۔ یوسف کی آنکھیں بھر آئیں۔

"کیوں چلے گئے تھے یوسف بھائی۔۔۔ اب تو نہیں جائیں گے نا۔ سب کو دُکھی کر دیا آپ نے۔۔۔ ہم سب مر جائیں گے آپ کے بغیر۔ مت جائے گا اب کبھی بھی۔"

وہ یوسف کی درمیانی پسلی تک آتا تھا۔ اس کے سینے کے ساتھ سر ٹکائے کمر میں باہیں ڈالے بولتا رہا۔ اور یوسف جو اُسے جانے کیا کیا کہنے آیا تھا، ایک ہاتھ سے اُسے لپٹائے اور دوسرے سے اس کا سر سہلاتا رہا۔

"میں گھر سے ہی آ رہا ہوں۔ صبح آیا تھا۔۔۔ سب خیریت ہے نا۔۔۔ اُدھر۔"

"ہاں۔۔۔ اُدھر۔۔۔ بڑی خالہ کے وہاں نا؟" اُس نے یوسف کی آنکھوں سے مشابہ آنسوؤں سے لبریز آنکھیں اُٹھا کر اُسے دیکھا، تو یوسف نے اثبات میں سر ہلایا۔

"نکی باجی بالکل ادھ موئی سی ہو گئی ہیں۔ ان کا Face پیلا ہو گیا ہے۔۔۔ وہ تو کسی سے بات ہی نہیں کرتیں اب تو۔۔"

مسہری پر اوندھی، اپنی بیاض پر جھکی نکی کو خبر ہی نہ ہوئی کہ کب یاور آ کر اُس کے پلنگ کے قریب قالین پر بیٹھ گیا۔

رستہ بھول گئیں خوشیاں ڈھونڈوں جا کر کس رستے

یاور نے ایک صفحے پر نظر ڈالی۔ بے چاری نکی باجی۔۔۔

تیری دو آنکھوں کی راحت جو گئی

زندگی میری مصیبت ہو گئی

"نکی باجی۔۔۔"

نیلی نیلی دو آنکھیں پلنگ کے بان پر ناک ٹکائے اُسے دیکھ رہی تھیں۔

"کیسی ہیں نکی باجی؟" یاور نے چہرہ اوپر کیا۔

پل بھر کو نکی کا دل جیسے حلق میں اُچھل آیا تھا۔ سال بھر پہلے تک یوسف ایسا ہی لگا کرتا تھا۔ اُس نے گلے کے قریب ہاتھ رکھ کر گویا زخمی طائر سے پھڑکتے دل کو سنبھالا۔

"کیسا ہے میرا پیارا سا چھوٹا سا دوست۔ میرا بھیّا؟" اُس نے خوش دلی کا مظاہرہ کرنے کی کوشش کی اور یاور کے بالوں پر ہاتھ پھیرا۔

"بہت خوش ہوں نکی باجی۔۔۔ میں۔۔۔" خوشی اُس کی معصوم سی آواز سے چھلکی پڑتی تھی۔ نکی بیقرار آنکھوں سے اس کے چہرے کے تاثرات میں اپنے سوالات کا جواب مانگنے لگی تو اُس نے کتابوں کے بیگ میں رکھے پینسل باکس میں سے ایک پرچی نکال کر نکی کے حوالے کی۔

وہ دونوں پہاڑی کے دامن میں کئی بارہ دریوں پر مشتمل باغ کے بالائی باغیچے کے کونے میں بیٹھے تھے۔ صدیوں پہلے مغل شہزادے داراشکوہ نے ستاروں کی گردش جاننے کے لیے جھیل ڈل کے کنارے کوہِ زبرون پر یہ مشاہدہ گاہ بنوائی تھی کہ اُسے علم نجوم سے خاصا شغف تھا۔ باغ کا نام پری محل رکھا گیا تھا۔

بے شمار پھولوں سے سجے ان باغیچوں سے جھیل کا منظر نہایت دل فریب معلوم ہوتا تھا۔ جھیل کے کنارے واقع مغل باغات کی سیر کرنے والوں کی تعداد شام کو بڑھ جایا کرتی تھی، لیکن ادھر اب ایسا شاذونادر ہی ہوا کرتا۔ نیچے کنارے پر رنگ برنگی چھوٹی

کشتیوں کی قطاریں سونی تھیں۔ یہ کشتیاں شکارے کہلاتی تھیں اور وادی کے اچھے دنوں میں سیاحت کی مصروف ترین آماجگاہ ہوتیں۔ بڑے بڑے گل بوٹوں والی نشست گاہوں اور خوش رنگ ریشمی پردوں والی ان کشتیوں کو کنارے باندھ، ناخدا جانے کہاں چلے گئے تھے۔ حالانکہ بہار شباب پر تھی۔ دور بیچ جھیل کے ایک چھوٹی سی بغیر چھت کی کشتی جس کی لکڑی کا سارا رنگ پانی نے پی لیا تھا، دوسرے کنارے کی طرف آہستہ خرامی سے رواں تھی۔

"کہاں تھے۔۔۔ تم؟" نکی نے اسے کئی لمحوں تک بغور دیکھا۔ وہ ایک دم بدلا بدلا لگ رہا تھا۔ اُس نے داڑھی بڑھا رکھی تھی۔ گھٹنوں سے نیچے تک لمبے کرتے کے اوپری کھلے بٹن میں سے سینے میں اُگے سیاہ بال جھانک رہے تھے۔ آنکھوں کے گرد سیاہ حلقے تھے اور گھنگھریالے بال پہلے کی ہی طرح داہنے ابرو تک آتے تھے، جن کے پیچھے نیلی نیلی آنکھیں جیسے دوجہاں کی فکر میں غلطاں تھیں۔

"تم میرے ساتھ چلو گی انیقہ۔۔۔؟" یوسف کی آنکھیں یکایک جیسے باغی ہو گئیں تھیں۔ اُس کے طرزِ تخاطب پر نکی چونکی نہیں تھی۔

"کہاں۔۔۔؟" چھوٹے سے پھاٹک کے قریب لگے سونف کے پودے ہوا کے جھونکے سے لہرائے۔ ایک دلربا سی مہک پھیل گئی۔

"یہ ہی ایک راستہ ہے۔۔۔ ورنہ۔۔۔ کوئی آپ کو کیوں مجھے سونپے گا۔۔۔ ہاں نہیں کریں گی نکی باجی تو۔۔۔ تو خدا کی قسم۔۔۔ خدا کی قسم۔۔۔"

وہ پل بھر میں پہلے کی طرح اداس اور مجبور سا ہو گیا۔ آنسو بھر آئے۔

"نہیں یوسف۔۔۔ نہیں۔۔۔" اس کی ایک آنکھ سے آنسو ٹپکا۔ نکی اُسے دیکھتی رہی۔

"ایسامت کرو۔۔۔ ایسانہ کہو۔۔۔ یہ کیسے ممکن ہو گا۔۔۔ یہ کیونکر ہو گا۔۔۔؟"

"کیوں نہیں ہو گا نکی باجی۔۔۔" اُس نے نکی کا ہاتھ پکڑ کر چھوڑ دیا۔

لمبی سفید دم والی ایک سیاہ چڑیا سامنے زرد گلابوں کی کیاری پر آ بیٹھی اور منقار آسمان کی جانب اٹھا کر زور سے چہچہائی۔ یوسف نے نظر دوڑا کر چڑیا کی طرف دیکھا۔ نکی نے بھی چونک کر اُدھر دیکھا تھا۔ دونوں مسکرا دیئے۔

"ہم ایسے ہی ہمیشہ ساتھ ہنس سکتے ہیں نکی باجی۔۔۔ مان جایئے نا۔۔۔ میں آپ کی تعلیم ضایع نہیں ہونے دوں گا۔ خود بھی کوئی اچھا کام کروں گا۔۔۔ اب بھی وقت ہے نکی باجی۔۔۔ میرے دوستوں نے سب انتظام کر رکھا ہے۔۔۔ ہم نکاح کر لیں گے۔ پھر کوئی ہمارا کچھ نہیں بگاڑ سکے گا۔۔۔ ورنہ بعد میں کبھی ایسا موقع نہیں آئے گا۔۔۔ ابھی بھی ہاں کر دیجیے نکی باجی۔۔۔"

نکی اپنے گھٹنوں کو باہوں کے حلقے میں لیے بیٹھی اپنے پاؤں دیکھتی رہی۔

"میں تمھیں دنیا کی ہر خوشی دوں گا۔ اپنا سب کچھ تمہارے قدموں میں رکھ دوں گا۔۔۔ ہمارا چھوٹا سا۔۔۔ گھر ہو گا۔۔۔ تم ہمیشہ مسکراتی رہو گی۔۔۔ کوئی تمہاری ماں کی طرح تم پر بندشیں نہیں ڈالے گا۔۔۔"

وہ خاموش ہو گیا۔ اور سر جھکا کر نکی کے پیروں کو دیکھتا رہا۔ پرندے چہچہاتے رہے۔ سونف کی خوشبو ہواؤں میں گھلتی رہی۔ نکی چپکے چپکے روتی رہی۔ دو ایک آنسو اُس کے پاؤں پر گرے۔ یوسف نے انھیں ہاتھ سے پونچھ لیا۔

"کیا ہوا۔۔۔ نکی باجی۔۔۔" وہ تھکی ہوئی سی آواز میں بولا۔

"میں۔۔۔ جانتا تھا۔۔۔ آپ میرا ساتھ۔۔۔ میرا ساتھ۔۔۔ نہیں دیں گی۔۔۔" اُس کی آواز بھرا گئی تھی۔ وہ آواز کی لرزش قابو میں رکھ کر بولتا ہوا موٹر سائیکل تک

آ گیا۔

سامنے جھیل میں سورج نے غوطہ لگایا اور ڈوب گیا۔ آسمان کا وہ کنارہ اُس وقت تک دہکتے انگارے سا سرخ رہا جب تک موٹر سائیکل نیچے سڑک کے موڑ تک آ گئی کہ یوسف سامنے دیکھ رہا تھا اور نکی کی نظروں کے سامنے سڑک ختم ہونے تک آسمان ویسا ہی سلگتا سلگتا سا رہا۔ کبھی کبھی منظر دھندلا جاتا مگر آنسو ٹپک جاتے تو سب صاف نظر آنے لگتا۔

نکی کے گھر کو مڑنے والی گلی کے موڑ پر یوسف نے لبِ سڑک موٹر سائیکل روک دی اور دونوں پاؤں زمین پر ٹکائے موٹر سائیکل پر ہی بیٹھا رہا۔

"آنکھوں سے۔۔۔ او جھل مت ہونا۔۔۔ یوسف۔۔۔" نکی کی آواز کانپتی رہی۔ ہچکیاں گھٹتی رہیں۔

"اپنے فیصلے پر آپ تمام عمر پچھتائیں گی نکی باجی۔" اس کی آنکھوں میں موت کی سی سرد مہری تھی۔ اُس نے موٹر سائیکل سٹارٹ کر دی۔ نکی نے ہنڈل پکڑے ہوئے اُس کے ہاتھ پر دونوں ہاتھ رکھ دیئے۔ اس کی آنکھوں کو خوفزدہ سی نظروں سے دیکھتے ہوئے اُس نے اپنے ہاتھوں کی گرفت اُس کے ہاتھ پر مضبوط کر دی۔

"ایسا مت کرنا۔"

وہ سراپا التجا بن گئی۔

یوسف اسے کچھ لمحوں تک چپ چاپ دیکھتا رہا۔ اُس کے ہونٹوں پر ایک رنجیدہ سی مسکراہٹ پھیل گئی۔۔۔ اور موٹر سائیکل آگے بڑھ گئی۔ نکی موڑ پر پتھر کی مورت سی کھڑی اُسے دور ہوتا دیکھتی رہی۔

'پکارتی ہوں میں تجھ کو مرے یوسف آجا'

رخساروں پر دو تازہ آنسو ڈھلک آئے۔ دو آنکھیں سڑک کے موڑ پر رکھ کر وہ گھر

کی جانب مڑ گئی۔

اُن دنوں حالات اور بکھر گئے تھے۔ وادی اور اُداس ہو گئی تھی۔ گھروں میں افراد کم ہو گئے تھے۔ دل رنجیدہ رہا کرتے تھے۔ گھروں سے کام کی خاطر نکلنے والوں کے شام کو لوٹنے تک گھر میں رہنے والے وسوسوں میں گھرے رہتے۔

سال بھر ہونے کو آیا تھا۔ یوسف کی کوئی خبر نہ تھی۔ اُس کی ماں کا دل کبھی اداس ہو جاتا اور کبھی پُر اُمید۔ یہ دل اُسے دن میں کئی کئی بار مارتا اور زندہ کرتا تھا۔

اُس کے باپ کو دل کا دوسرا دورہ پڑ چکا تھا۔

جس دن پڑوس کے کسی لڑکے کی پہچان کے ایک آدمی نے بتایا کہ یوسف زندہ ہے مگر دور سرحد کے اُس پار۔۔۔ اُس دن اُس کی ماں سارا دن صرف روتی رہی تھی۔

'میرا بیٹا زندہ ہے۔۔۔ مگر موت کی ٹریننگ لے رہا ہے۔'

جانے کتنی دفع اُس نے یہ جملہ اپنے آپ سے دہرایا تھا۔ مگر دل کے مریض شوہر کے سامنے صرف آہیں بھر کر رہ جاتی۔

'ہم سے دور ہی سہی۔۔۔ زندہ تو ہے۔۔۔ کبھی نہ کبھی لوٹ آئے گا ہمارے پاس۔۔۔ آخر ہمارا بچہ ہے۔۔۔ ہمارا خون ہے۔۔۔" وہ شوہر کو تسلی دیا کرتی۔

خزاں کی آمد نے چناروں میں آگ لگا رکھی تھی۔

نکی کے گھر کے پچھواڑے باہری دیوار کے اُس پار کنجڑوں کی کھیتیاں تھیں جن میں کئی طرح کی سبزیاں لہلہایا کرتی تھیں، مگر ان دنوں وہاں صرف کڑم کا لمبی ڈنڈیوں والا ساگ اُگا ہوا تھا جس کے بڑے بڑے پتّے چنار کے درخت کے پیچھے سے جھانکتے ہوئے

اکتوبر کے چاند کی بھیگی ہوئی چاندنی میں نکھرے نکھرے سے نظر آرہے تھے۔

چاندنی کو اپنی مسہری کے کنارے تک آتا دیکھ نکی اُٹھ کر کھڑکی تک چلی آئی۔ کچھ لمحے وہاں کھڑی رہ کر واپس بستر پر لیٹ گئی۔ وہ آج بھی سو نہیں پا رہی تھی۔ رات کا پچھلا پہر تھا۔ وہ تاریکی میں آنکھیں کھولے چھت کو ٹکٹکی باندھ دیکھتی رہی۔ آنسو اُس کے کانوں میں جمع ہوتے رہے۔ اس کی اکثر راتیں آدھی سے بھی زیادہ بے خواب گزر جاتیں۔

پاس کی تپائی پر پڑے فون کی گھنٹی بجی۔ لمبی دوری سے بجنے والی لمبی گھنٹی۔ نکی نے لپک کر ریسور اٹھایا کہ گھر میں کسی کی نیند نہ خراب ہو۔

کون ہوگا اتنی رات گئے۔۔۔

"نکی باجی۔۔۔" اس کی باریک سی ہیلو کے جواب میں آواز آئی۔ دل سینے میں ایسے دھڑکا جیسے مردہ بدن میں کسی نے اُسی لمحے روح پھونک دی ہو۔۔۔ اُس کا ہاتھ بے اختیار حلق پر چلا گیا۔

"یوسف۔۔۔" اس کی آواز کانپی۔ "کہاں ہو یوسف؟" وہ رو پڑی۔

"مجھے جیتے جی مار کر تم۔۔۔ تم کہاں چھپ گئے یوسف۔۔۔ کب آؤ گے۔۔۔ کہاں سے بول۔۔۔" وہ ہچکیاں لینے لگی۔

"میں مرا نہیں نکی باجی۔۔۔ زخمی ہو کر نامراد پڑا رہا۔۔۔ مرنا چاہتا ہوں۔۔۔ اس وقت سمندر پار ہوں۔۔۔"

"تم آجاؤ یوسف۔۔۔ میں بھی نیم مردہ ہوں۔۔۔ ساتھ مریں گے دونوں۔"

"میرا وہاں آنا۔۔۔ ناممکن ہے۔۔۔ میرے پاس پاسپورٹ کہاں ہے وہاں کا۔ جہاں کے پاسپورٹ سے یہاں آیا ہوں۔۔۔ وہ بھی مجھے کہاں چھوڑیں گے۔۔۔"

"کیوں کیا تم نے ایسا یوسف۔۔۔ تم مجھے کس قصور کی سزا دے رہے ہو۔۔۔ اپنے والدین کو کیوں دُکھ دے رہے ہو۔۔۔ لوٹ آؤ یوسف۔۔۔"

"نہیں نکی باجی۔۔۔ برف باری کے وقت آنے میں پکڑا نہ گیا تو روپوش تو رہنا پڑے گا۔۔۔ سب کی زندگی خطرے میں کیسے ڈال دوں۔۔۔ یہ ممکن ہی نہیں ہو گا۔"

"آ کر Surrender کر لو یوسف۔۔۔ یہ غلط راستہ کیوں کر چن لیا تم۔۔۔"

"چُپ۔۔۔ یہ لفظ دوبارہ کبھی مت دہرایئے گا۔۔۔ یہیں پر ختم کر دیا جاؤں گا۔۔۔ شہادت کا موقع نہیں ملے گا مجھے۔۔۔ آپ نہیں جانتیں۔۔۔"

"یہ کوئی شہادت ہے یوسف۔۔۔ تم تو اتنے ذہین تھے۔۔۔ اتنے سمجھدار تھے۔۔۔ یہ تمھیں کیا ہو گیا۔۔۔ ہے۔۔۔ تم۔۔۔"

"بس کیجئے نکی باجی۔۔۔ ہمیشہ آپ مجھے اپنے Student کی طرح اپنی مرضی کی باتیں سمجھاتی آ رہی ہیں۔۔۔ اب میں۔۔۔"

"میری مرضی۔۔۔ میری۔۔۔ مرضی۔۔۔ میری کون سی مرضی رہی ہے۔۔۔ کیسی مرضی۔۔۔" آنکھوں میں نئے نئے آنسو بھر آنے سے اُس کی ناک بند سی ہو گئی تو آواز بھیگ گئی۔

"sorry نکی باجی۔۔۔ دل نہیں دُکھانا چاہتا تھا آپ کا۔۔۔ معاف کر دیجئے مجھے۔۔۔ معاف کر دیجئے۔۔۔" اُس کی آواز بھی رندھ گئی۔ اور فون بند ہو گیا۔

نکی نے فون کان سے ہٹا کر رخسار سے لگا لیا۔

کتنے عرصے کے بعد اس نے یوسف کی آواز سنی تھی۔

فون رکھ کر وہ کھڑکی کے قریب آ گئی چوکھٹ پر ہاتھ دھر کر چاند کو دیکھتی رہی اور پھر کہیں کہیں دور دور نظر آتے تاروں کو۔

شاید فون کٹ گیا ہو۔۔۔ اور پھر گھنٹی بج جائے۔۔۔ اس انتظار میں وہ رات بھر نہیں سوئی۔ سحر تک بھی نہیں۔

کچھ مہینے اور گزر گئے۔ نکی اُس کے فون کا انتظار کرتی رہی۔ گھر کے راستے میں آنے والے قبرستان میں نرگس کے پودے کئی بار زمین سے اونچے ہوئے، پھولے اور مرجھائے۔ فون نہیں آیا۔ راتوں کو برہا کے گیت لکھ لکھ کر اُس نے بیاضیں بھر دیں۔

ہر روز کالج سے لوٹتے وقت قبرستان کے قریب سے گزرتے ہوئے اُس کی رفتار سست ہو جایا کرتی۔ نظریں اس طرف اٹھ جاتیں۔

ایک دن اُس نے دیکھا کہ قبرستان کی دیوار کے چھوٹے سے دروازے کی جگہ بڑا سا پھاٹک لگایا گیا ہے۔

'اِناللہ واناالیہ راجعون'۔

پھاٹک کی ہری محراب پر سیاہ رنگ کی عبارت نے اس کی نظریں جکڑ لیں۔ کچھ لمحے وہ عبارت کو دیکھتی رہی۔ پھر اُس کے قدم پھاٹک کے درمیان لگے چھوٹے سے کواڑ کی طرف اُٹھ گئے۔ وہ ڈھلان اُتر کر منڈیر سے جا لگی۔ سامنے دور تک پھیلے ہوئے قبرستان میں بے شمار قبروں کا اضافہ ہو گیا تھا۔ جگہ جگہ نئے کتبے کھڑے تھے۔ اُس کا دل زور زور سے دھڑک اٹھا۔ وہ زمین پر بیٹھ گئی اور آنکھیں زور سے بھینچ لیں۔

اگر اس وقت۔۔۔ کوئی ہم پر بندوق تان دے۔۔۔ تو کیا ہمیں بھاگنا چاہیے نکی باجی۔۔۔

کسی نے دھیرے سے کہا۔

بند آنکھوں سے نکل کر آنسو نکی کے رخساروں پر پھِسل گئے۔

نہیں۔۔۔ نہیں یوسف۔۔۔ تم مجھ سے دور بھاگ گئے۔۔۔ میں۔۔۔ میں کہاں بھاگ سکتی ہوں۔۔۔ میں کہاں جا سکتی ہو۔۔۔میں کہاں جاؤں۔۔۔یوسف۔۔۔

نکی چپکے چپکے سسکنے لگی۔ خوب رو لینے کے بعد جب جی کچھ ہلکا ہوا تو اُس نے آنکھیں کھول دیں۔ نرگس کے پھولوں میں ایستادہ کتبوں پر نام اور تاریخِ پیدائش کے ساتھ تاریخِ انتقال درج تھے۔

نصیر احمد ملک: تاریخِ پیدائش:۹! ستمبر ۱۹۷۰ء

وفات:۶ فروری ۱۹۹۲ء

محمد راشد میر: تاریخ پیدائش:۵! جون ۱۹۷۲ء

وفات: یکم جولائی ۱۹۹۳ء

وہ دہشت زدہ سی منڈیر سے لگی بیٹھی دُور دیوار تک پھیلے کتبے پڑھتی رہی۔ اُس کے چہرے پر کرب اُتر آیا۔ ہونٹ دانتوں میں بھینچے سسکیاں لیتے ہوئے اُس نے منہ دوسری جانب موڑا تو ایک بالکل تازہ تربت پر سیاہ سنگ مرمر سے تراشی لوحِ مزار نئی نئی بہار کی نکھری ہوئی ٹھنڈی دھوپ میں چمک رہی تھی۔ قبرستان کے کناروں پر لگے بید کے درخت اُس پر بار بار سایہ کیے دیتے تھے۔

یوسف احمد خان پیدائش:۱۱مارچ ۱۹۷۳ء

وفات:۲جون ۱۹۹۳ء

"نہیں۔۔۔" اُس کا ہاتھ بے اختیار اُس کے ہونٹوں پر چلا گیا۔ دوسرا ہاتھ اُس نے اپنے حلق پر رکھ دیا۔۔۔ دبی دبی سی چیخ اُس کے سینے میں گھٹ کر رہ گئی۔ ہچکیاں لے لے کر روتے ہوئے اُس نے آنکھیں بند کر لیں۔ اُس کا بدن تھر تھر کانپ رہا تھا۔ گلے کو اُس نے انگلیوں سے ایسے تھام رکھا تھا جیسے اُس کی جان اُسی راستے نکل بھاگنے والی ہو۔

یہ نہیں ہو گا۔۔۔ میرے ساتھ۔۔۔ میرے اللہ۔۔۔ یہ نہیں ہو گا۔۔۔ اُس نے تڑپ کر آسمان کی جانب نگاہیں اٹھائیں اور سر پیچھے منڈیر پر اُگی ہری ہری نم گھاس سے ٹکا دیا۔ نیلا نیلا آسمان بے داغ نظر آ رہا تھا۔ آنسو اُس کی آنکھوں سے بہہ بہہ کر چہرہ بھگوتے رہے۔ دیوار سے ملحقہ مسجد میں بجلی نہ ہونے کے باعث بغیر لاؤڈ سپیکر کی پر درد سی اذان گونجا کی۔

بید کی ٹہنیوں میں لوٹ آنے والی چڑیوں نے جب چہک چہک کر آسمان سر پر اٹھالیا تو نکی نے اپنی سرخ سرخ آنکھوں پر دوپٹہ رکھ کر تھکے ہوئے پپوٹوں سے لگے آنسو جذب کر لیے۔ اور کھڑا ہونے سے پہلے ایک نظر پھر بائیں جانب دیکھا۔ ایک بار پھر اس کا ہاتھ اس کے گلے کے قریب چلا گیا۔

وہاں کوئی تازہ قبر تھی نہ کتبہ۔

اُس کا دل زور زور سے دھڑک رہا تھا۔ اور اُسے سخت پیاس لگ رہی تھی۔

پھر۔۔۔ مہینے سالوں میں بدلنے لگے ایک دن کسی نے یوسف کی والدہ کو فون کر کے بتایا کہ آج شب کے ایک بجے یوسف اُن سے ویڈیو کانفرنسنگ کے ذریعہ رابطہ قائم کرے گا۔

"ہمارا بیٹا زندہ ہے سلامت ہے۔۔۔"اُس کی ماں نے یہ خوش خبری گھر میں سب کو فرداً فرداً سنائی۔ اُس دن وہ سارا وقت لوریاں گاتی رہی، اور رہ رہ کر اُس کی آنکھیں بھیگتی رہیں۔

کمپیوٹر کے مانیٹر پر اُس کے بیٹے کی تصویر اُبھری تو وہ پہچان ہی نہ پائی۔ اُس نے سر منڈوا رکھا تھا۔ داڑھی گریبان تک بڑھی ہوئی تھی۔ آنکھیں نیم وا سی تھیں اور جب اُس

نے والدین کو مخاطب کیا تو اُس کی آواز بھی تھکی تھکی سی معلوم ہوتی تھی۔

"آجاؤ۔۔۔ چاند۔۔۔ گھر آجاؤ۔۔۔"ماں نے مانیٹر پر نظر آرہے اُس کے چہرے پر ہاتھ پھیرا اور رو پڑی۔

"تمہاری ماں۔۔۔ مر جائے گی بیٹا۔۔۔"باپ کی آواز کانپ رہی تھی۔

"ابوّ امیّ بیمار ہیں یوسف۔۔۔ تمہارے بغیر گھر بالکل تباہ ہو گیا ہے۔۔۔ تمہارے بغیر کسی کا جی نہیں لگتا۔۔۔"بہن سسکیاں لینے لگی۔

"اس طرح کی باتوں سے میرا ایمان کمزور کرنے کی کوشش نہ کریں آپ لوگ۔۔۔ بس دعا کریں کہ میں جام شہادت نوش کروں۔۔۔ اور آپ سب کے لیے جنت کے دروازے وا کروں۔۔۔"

اُس کی آواز میں عزم جھلک رہا تھا مگر چہرے پر غم کے سائے سے لہرا جاتے۔

"کسی طرح کچھ دن کے لیے آ جاؤ۔۔۔ یہ سب صحیح نہیں میرے لعل۔۔۔ میں تمھیں سمجھا دوں گی۔ کچھ دن کے لیے آ جاؤ۔۔۔ تمھیں سینے سے لگانے کے لیے میرا۔۔۔ میرا کلیجہ پھٹا جا رہا ہے۔۔۔"ماں روتی رہی۔

"میرے جنازے کو کندھا دینے۔۔۔ کندھا دینے ہی آ جا۔۔۔ میرے بچے۔۔۔"باپ بے بسی سے بولا۔

"اب جنت میں ملاقات ہونے کی دعا مانگئے ابوّ۔۔۔ امیّ بزدلوں والی باتیں مت کیجئے۔۔۔"یوسف کی آواز میں یاسیت شامل ہو گئی۔

"یہ کیا کہہ رہے ہو۔۔۔ کس نے بھٹکا دیا تم کو۔۔۔ میرے بیٹے۔۔۔ ہمارے پاس کبھی جی بھر کے بیٹھتے۔۔۔ بات کرتے ہمارے ساتھ۔۔۔ تو ہم تمھیں سمجھاتے تو۔"

"اُف ابوّ۔۔۔ پھر وہی نصیحتیں۔۔۔ پھر آپ۔۔۔ میری بات کبھی سمجھیں گے۔

کبھی آپ ابو۔۔۔ کبھی نہیں۔۔۔ اچھا کچھ دن بعد پھر Contact کروں گا میں۔۔۔" اُس کے چہرے پر کرب اُتر آیا تھا۔ مانٹیر کا Screen کورا ہو گیا۔

کاش وہ ایک جھلک دیکھ پاتی۔ یاور سے ویڈیو کانفرنسنگ کی بات سن کر نکی کے دل میں حسرت جاگی اور سو گئی۔

کچھ دن بعد یہ بات بھی پرانی ہو گئی اور ہوتی چلی گئی۔ یوسف کی کوئی خبر نہ آئی۔ ایک برس اور بیت گیا۔

یاور نے آ کر نکی کو بتایا کہ یوسف کے والد اب زیادہ بیمار رہنے لگے ہیں۔ اور کچھ بہتر ہوتے ہی یوسف کی ماں انھیں حج پر لے جائے گی۔

یوسف کے والدین فریضۂ حج ادا کرنے کے بعد کسی دوسرے شہر چلے گئے اور کوئی دو ماہ بعد لوٹے۔

انھیں دیکھ کر ایسا لگتا تھا جیسے وہ برسوں کی عمر جی کر لوٹے ہوں۔ نہایت ضعیف اور۔۔۔ بیمار۔۔۔ اور دوسرے ہی دن، دل کا تیسرا دورہ پڑنے سے یوسف کے والد انتقال کر گئے۔

یوسف کی ماں کے آنسو نہیں بہے تھے۔
وہ اب اکثر اپنے کمرے میں پڑی رہتی۔
اُس کا چہرہ بالکل سپاٹ ہو گیا تھا۔
اب وہ ٹیلیفون کی گھنٹی پر چونکتی بھی نہیں تھی۔

بہت پہلے جب یوسف زخمی ہوا تھا تو اُس کی ناک سے کئی دن خون بہتا رہا تھا۔ وجہ

سمجھ میں نہیں آئی تھی۔ کسی دھماکے کے دوران کہیں سے کوئی چیز اُس کے ابرو پر آلگی تھی۔ جب سے ہی اُس کے سر میں شدید درد رہتا تھا۔ ساتھی اُس کے سر پر کس کے گمچھا باندھ دیتے۔ درد دور کرنے کی گولیاں بے شمار کھانا پڑتیں۔ پہلے پہل درد اٹھنے کے درمیانی وقفے طویل ہوا کرتے جو رفتہ رفتہ مختصر ہونے لگے اور اب یہ عالم تھا کہ آدھ پون گھنٹے کے وقفے سے درد اٹھتا اور چھ، آٹھ گھنٹے رہا کرتا۔

حج کے دوران یوسف نے اپنے والدین سے رابطہ قائم کیا تھا۔

دوسرے شہر میں ملاقات طے ہوئی۔ اور برسوں بعد انھوں نے اپنے بیٹے کو دیکھا تھا جو بیحد کمزور لگ رہا تھا۔ مگر والدین کو دیکھ کر مسلسل مسکرائے جارہا تھا۔

دوسرے دن سمندر کے اوپر بہت سے بادل ادھر سے اُدھر اُڑتے پھر رہے تھے۔ جیسے بادلوں کا پہاڑ راستہ بھٹک گیا ہو۔ جزیرے پر تعمیر ہوٹل کی کثیر منزلہ عمارت کے کسی اوپری سویٹ کی بالکنی میں وہ تینوں بیٹھے تھے۔ یوسف کو ہفتے بھر بعد ٹھکانے پر لوٹ جانا تھا۔ والدین کا ویزا ابھی ختم ہونے والا تھا۔

اُس دن یوسف کے والد بے حد پر سکون لگ رہے تھے۔ ان کی نظریں بیٹے کے چہرے سے ہٹتی نہیں تھیں۔ انھیں یقین ہو چلا تھا کہ بیٹا اُن کی بات مان لے گا اور وہ اُسے واپس لے آنے کا کوئی نہ کوئی راستہ نکال لیں گے کیونکہ اس نے ماں باپ کی کسی بات کے جواب میں کوئی ضد نہیں کی تھی۔ خاموش سنتا رہا تھا۔

یہ باتیں یوسف کی بہن نے یاور کو بتائیں تھیں۔۔۔ مگر بہت دن بعد۔

جب خود اُسے اُس کی ماں نے بتایا تھا۔۔۔

بہت دن بعد۔ جب اُس کی ماں کے سپاٹ چہرے پر کچھ تاثرات ابھرنے لگے تھے۔۔۔

بہت دن بعد۔ جب اُس کی ماں رونے اور بات کرنے لگی تھی۔

اُس دن ماں کی گود میں سر رکھے بادلوں کو دیکھتے ہوئے اُس کے سر میں درد اُٹھا تھا۔ جو کسی طرح کم ہونے میں نہ آیا اور پہلے سے کہیں زیادہ شدید ہوتا چلا گیا۔

ایکسرے سے نظر آیا کہ اُس کے دماغ کی باہری جانب کے سیّال مادے میں بائیں آنکھ کے بالکل سیدھ میں کوئی انچ بھر لمبی اور آدھ انچ نصف قطر کی کوئی چیز پڑی ہے۔ M.R.I سے پتہ چلا کہ وہ ایک گولی ہے جو بہت پہلے آنکھ کے اندرونی کونے سے گھس کر نہ جانے کس طرح بغیر آنکھ کی پتلی سے لگے، سر میں بیٹھ گئی تھی۔ اب سرجری کے سوا کوئی دوسرا راستہ نہ تھا۔

آپریشن کر کے گولی نکال دی گئی۔۔۔ مگر یوسف کو ہوش نہ آیا۔

کچھ دن 'کوما' میں رہ کر یوسف موت سے ہم آغوش ہو گیا۔

دیارِ غیر میں اُسے سپردِ خاک کر کے اُس کے والدین لوٹ آئے تھے۔

نکی کے گھر کے راستے میں پڑنے والے قبرستان میں کسی نئی میّت کے لیے اب کوئی جگہ نہیں بچی ہے۔ اُس کی دیواریں خستہ ہو کر کئی جگہ سے ٹوٹ گئی ہیں۔۔۔ یہاں تک کہ بہار کی آمد پر سڑک پر چلتے وقت بغیر منڈیر تک جائے۔ نرگس کے پھول آسانی سے نظر آ جاتے ہیں۔۔۔

وہاں سے گزرتے وقت نکی کی رفتار خود بخود دھیمی پڑ جاتی ہے۔ اُس کی نظریں بید کے درختوں سے ہوتی ہوئی قبرستان کے سارے احاطے میں بھٹکتی رہتی ہیں۔ گو کہ یوسف کی تربت ادھر نہیں ہے۔۔۔ پھر بھی۔۔۔

***

شہر

پلاسٹک کی میز پر چڑھ کر سونو نے نعمت خانے کی الماری کا چھوٹا سا کواڑ وا کیا تو اندر قسم قسم کے بسکٹ، نمک پارے، شکر پارے اور جانے کیا کیا نعمتیں رکھیں تھیں۔ پل بھر کو وہ ننھے سے دل پر کچوکے لگاتا ہوا غم بھول کر مسکرا دیا۔ اور نائٹ سوٹ کی لمبی آستین سے سوکھے ہوئے آنسوؤں بھرے رخسار پر ایک اور تازہ بہا ہوا آنسو پونچھ کر اس نے بسکٹ کا ڈبّہ ہاتھ میں لے لیا اور اپنے پانچ سالہ وجود کا بوجھ سنبھالتا میز سے نیچے اتر آیا۔ اسے بھوک بھی بہت لگی تھی۔ صبح سے اس نے کچھ نہیں کھایا تھا، اس کی چھوٹی سی اڑھائی برس کی بہن ثوبیہ بھی صبح سے بھوکی تھی۔ سارا دن وہ مسہری پر لیٹی اپنی ممی کو پکار پکار کر تھک گئی تھی۔ اور بہت زیادہ روتے رہنے کے باعث نڈھال سی ہو کر اس نے اپنا گھنگھریالے بالوں والا ننھا سا سر اپنی امی کے پھیلے ہوئے بازو پر رکھ چھوڑا تھا۔۔۔ دن بھر شاید وہ سوتی رہی تھی اور کچھ دیر پہلے ہی اُٹھ کر ڈرائنگ روم میں آئی تھی۔

اس شہر میں آئے انھیں صرف ایک ہفتہ ہوا تھا۔

امان کو بہت عرصے سے اس شہر میں اپنی تبدیلی کروانے کی خواہش تھی لیکن اس میں بس ایک ہی پریشانی تھی کہ رہائش کا انتظام نہایت مشکل کام تھا۔ اُس کے قصبے کے انوار صاحب بھی اس کمپنی میں کام کرتے تھے مگر وہ ہیڈ آفس سے وابستہ تھے اور شہر میں رہائش پذیر تھے۔ رہائش بھی کمپنی کی طرف سے ملی ہوئی تھی کیونکہ وہ پچیس برس سے اسی دفتر میں تھے۔ اُس کے بعد آنے والے ملازمین میں سے بہت کم کو فلیٹ میّسر آیا تھا۔

غیر شادی شدہ لوگ تو ایک کمرے والی رہائش میں دو، یا تین تین کے حساب سے ہوسٹل کی طرح کمرہ بانٹ لیتے تھے مگر فیملی والے ارکان کے لیے یہ مسئلہ سب سے پیچیدہ تھا۔

امان اپنے قصبے میں کمپنی کا برانچ منیجر تھا۔ انوار صاحب ہر تین ماہ کے بعد اپنی کمپنی کا کوئی کام نکال کر اپنے آبائی گھر آتے۔ بزرگ والدین سے ملاقات بھی ہو جاتی اور کمپنی کا کام بھی نمٹا لیتے۔

اس بار انوار صاحب اپنے ساتھ امان کے لیے کچھ سپنے بھی لے آئے تھے۔ بڑے شہر میں رہنے کے۔ بچّوں کو بڑے بڑے سکولوں میں تعلیم دلوانے کے اور ہیڈ آفس میں رہ کر ترقی کے نئے راستے وا ہونے کے۔

وہ ریٹائرمینٹ لے رہے تھے اور امان کے لیے ٹرانسفر کی بات بھی کر آئے تھے۔

امان اگر بر وقت نہ پہنچتا تو اُسے اور کچھ برس انتظار کرنا پڑتا اور فیملی فلیٹ اُسے جب ہی ملتا جب فیملی ساتھ ہوتی ورنہ اُسے بیچلر رومز میں رہنا تھا۔ انوار صاحب نے فلیٹ کی چابی ابھی دفتر میں جمع نہیں کرائی تھی۔ وہ یہ کام امان کی موجودگی میں کرانا چاہتے تھے۔ ڈپٹی ڈائریکٹر اُن کی عزّت کرتے تھے، اُنہیں یقین تھا کہ وہ اُن کی بات مان لیں گے۔ اور اس سے پہلے کہ کوئی دوسرا آنے کی کوشش کرتا، وہ کسی کی علمیت سے پیشتر امان کے حق میں فیصلہ چاہتے تھے۔

امان نے دو دن کے اندر ساری تیاریاں مکمل کر لیں اور مع بابرا اور بچّوں کے شہر روانہ ہو گیا۔

انوار صاحب کا فلیٹ ۱۴ منزلہ عمارت کا سب سے اوپری فلیٹ تھا۔ عمارت کی ہر منزل پر تین تین فلیٹ تھے مگر سب سے اوپر والی منزل میں یہی ایک فلیٹ تھا۔ کیونکہ ایک طرف ڈش انٹینا تھا اور دوسری طرف پانی کی ٹینکیاں۔ درمیان میں یہ ایک فلیٹ بن

پایا تھا۔ اس کے اوپر بڑا سا کشادہ ٹیرس تھا جس میں تقریبات وغیرہ ہوا کرتیں۔ وہاں سے نیچے دیکھنے پر سارا شہر دلہن کے ستارے لگے آنچل کی طرح نظر آتا۔

اس سے نیچے کے تین فلیٹس میں سے دو آباد تھے اور ایک پر کچھ تنازعہ چل رہا تھا۔ ایک فلیٹ کے مکین کہیں باہر گئے ہوئے تھے اور ایک میں امان کی ہی کمپنی میں کام کرنے والے وکرم بھسین رہتے تھے۔

بابرا کو فلیٹ اور امان کو شہر بہت پسند آیا۔ فلیٹ کشادہ تھا۔ تین خوابگاہوں، ڈرائنگ روم اور باورچی خانے پر مشتمل۔ ہر کمرے کے ساتھ ملحقہ غسل خانہ، اور لباس بدلنے کے لے چھوٹا سا احاطہ۔ اونچی چھتیں، بڑی بڑی کھڑکیاں، لمبے لمبے دروازے۔ تین دن میں فلیٹ سج گیا۔ ضرورت کا سب سامان اگیا سوائے ٹیلیفون کے۔ ٹیلیفون کی فیس پچھلے تین ماہ سے ادا نہیں ہوئی تھی اور ان مہربانیوں کے بدلے امان کو انوار صاحب کے لیے اتنا تو کرنا ہی تھا۔ ورنہ خواہ مخواہ انوار صاحب کی گریجو ویٹی وغیرہ متاثر ہوتی۔ بلکہ امان کو تو کئی مہینے کا بجلی کا بل بھی بھرنا پڑا تھا جب جا کر بجلی کی سپلائی بحال ہوئی۔ ٹیلیفون کا بل ادا کرنے کا وقت نہیں تھا کیونکہ امان نے پہلے دن آفس جوائن کرنے کے بعد دوبارہ آفس کا رخ تک نہیں کیا تھا کہ بغیر بجلی کے اس شہر میں ایک دن کے لیے بھی رہنا مشکل تھا اور سارا وقت اُسے ادھر اُدھر بھٹکنا پڑا تھا۔

کوئی پانچویں دن امان دفتر گیا کہ بھسین صاحب کے فلیٹ میں اُس کے لیے فون آیا تھا۔ اُسے سائٹ پر جانا تھا اور واپسی دوسرے دن کی تھی۔ وہاں کچھ ایسا کام پڑ گیا کہ امان دوسرے دن نہ آسکا۔

صبح دروازے کی گھنٹی بجی تھی تو سونو کی آنکھ اُسی آواز سے کھل گئی تھی۔ ممی اور ثوبیہ سو رہی تھیں۔ سونو دروازے تک گیا اور اس نے دروازے کی نچلی چٹخنی بھی کھولی تھی

مگر میز پر کھڑے ہونے کے باوجود اُس کا ہاتھ دروازے کے اوپر والی چٹخنی تک نہ پہنچ سکا۔

"جی کون ہے؟" اُس نے پکارا بھی تھا مگر باہر سے کوئی جواب نہ آیا۔ آنے والے نے شاید اُس کی آواز نہیں سنی تھی۔ اور دروازہ نہ کھلنے پر لوٹ گیا تھا۔

"ممی۔ کوئی گھنٹی بجا رہا ہے۔ ممی۔۔۔ ممی۔" اُس نے کئی بار ممی کو پکارا تھا مگر ممی جانے آج کیسی نیند سو رہی تھیں۔ جاگ ہی نہیں رہی تھیں۔

"ممی۔۔۔ ممی جی۔۔۔ کوئی دروازے کی گھنٹی بجا رہا ہے۔" اُس نے اونچی آواز میں پکارا تو ثوبیہ نے ابروؤں کے رخ پر خمیدہ پلکوں والی منی منی آنکھیں کھول دیں۔ اور اُٹھ کر بیٹھ گئی۔ آنکھیں جھپک جھپک کر ادھر اُدھر دیکھا اور بھائی کو ممی پکارتے سن کر خود بھی ممی ممی پکارنا شروع کر دیا۔

مگر ممی بول ہی نہیں رہی تھیں۔ ممی کے دہانے کے چاروں طرف کوئی سفید سی چیز جمی ہوئی تھی۔ ہاتھ پاؤں بھی کچھ عجیب طرح سے پھیلے ہوئے تھے۔

ثوبیہ نے ماں کی طرف سے کوئی جواب نہ پا کر رونا شروع کر دیا۔

"چپ ہو جانا۔ روتی کیوں ہے"۔ سونو نے جھلّا کر کہا تو ثوبیہ اور زور زور سے رونے لگی۔

'ممی سو رہی ہیں ثوبی۔" وہ بہن کو سمجھانے کے انداز میں بولا۔

"ممی۔ ممی اُٹھئے نا۔" سونو نے پھر ماں کو جگانے کی کوشش کی۔ جب تک دروازے کی گھنٹی دوبارہ بجنے لگی تھی۔

"کون ہے۔۔۔" وہ دروازے کے قریب جا کر اور اونچی آواز میں بولا۔ کوئی جواب نہ آیا۔

وہ واپس کمرے میں آیا۔ ثوبیہ باقاعدہ ہچکیاں لے لے کر رو رہی تھی۔ سونو کچھ دیر

ماں کے چہرے کو دیکھتا رہا۔ پھر روتی ہوئی بہن کو بغور دیکھنے لگا۔

"ممی۔" اُس نے ممی کو پوری طاقت سے جھنجھوڑا مگر ممی بے حس و حرکت پڑی رہیں۔

وہ کچھ دیر گُم سُم سا بیٹھا رہا۔ پھر ثوبیہ کے قریب جا کر اُس نے اپنے چھوٹے چھوٹے ہاتھوں سے اُس کے آنسو پونچھے۔

"نہیں رونا ثوبی۔ ممی سو رہی ہیں۔" مگر ثوبی تھی کہ چپ ہی نہیں ہو رہی تھی۔

"چپ ہو جا۔" وہ چیخا اور ساتھ ہی دہاڑیں مار مار کر رونے لگا۔

جانے کب تک دونوں بہن بھائی روتے رہے مگر امی نے چپ ہی کرایا نہ کچھ بولیں۔ ثوبیہ کوئی گھنٹہ بھر رونے کے بعد تھک کر سو گئی۔

وہ سو گئی تو سونو پھر ماں کے قریب گیا۔ اُس کا چہرہ دونوں ہاتھوں میں لے کر دائیں بائیں ہلانے لگا۔

"ممی۔" اس نے زور زور سے ممی کا سر ہلایا "ممی۔۔۔ ممی جی۔" اس نے آنسوؤں میں بھیگی آواز میں محبت گھول کر پکارا۔ ممی نے کوئی جواب نہ دیا۔ کچھ دیر بعد اٹھ کر وہ ڈرائنگ روم چلا گیا۔ پردہ سرکا کر کھڑکی کے شیشے سے باہر دیکھنے لگا۔

سامنے ایک بڑا سا پارک تھا جس میں چھوٹے چھوٹے کھلونوں جیسے رنگ برنگے بچّے کھیل رہے تھے۔ پارک میں کئی طرح کے چھوٹے بڑے جھولے لگے ہوئے تھے۔ اِدھر اُدھر آئس کریم اور ویفرس کے پیکٹ والے اپنی چھوٹی چھوٹی ہاتھ گاڑیاں لیے ہوئے گھوم رہے تھے۔ ایک ریڑھی پر نہایت ننھی ننھی بوتلوں میں کولڈ ڈرنکس سجی ہوئی تھیں۔ پارک کی دوسری جانب لمبی سی سڑک پر چھوٹی چھوٹی بے شمار گاڑیاں بھاگ رہی تھیں۔ سونو نے یہ ساری چیزیں اس قدر چھوٹی جسامت میں آج سے پہلے کبھی نہ دیکھیں

تھیں۔ اُس کے ذہن میں عجیب عجیب سوال اور خیال اُبھرنے لگے۔ وہ کمرے میں لوٹ آیا۔

"ممی جی۔" اُس کے سینے سے درد بھری کراہ نکلی۔ اور اُس نے اپنا چھوٹا سا سر ممی کے سینے پر رکھ دیا اور دھیرے دھیرے سسکنے لگا۔ آنسوؤں سے ممی کے شب خوابی کے لباس کا گریبان بھیگ گیا مگر ممی نے آنکھیں نہیں کھولیں۔ رو رو کر جب وہ ہلکان ہو گیا تو اسے نیند آ گئی۔

جانے کتنا وقت وہ سوتا رہا۔

"چھو۔ چھو۔" نیند میں اس کے کانوں میں ثوبیہ کی آواز پڑی تو اُس نے آنکھیں کھول دیں۔

"چھو چھو۔" ثوبیہ نے ممی کی طرف سے نظر ہٹا کر بھائی کو دیکھ کر کہا۔

"سو سو کرنا ہے؟" سونو نے پوچھا تو اُس نے سر اُوپر سے نیچے کی طرف ہلایا۔ سونو نے غسل خانے کا ہینڈل گھما کر دروازہ کھول دیا۔

باہر شام ہو چکی تھی۔

ثوبیہ باتھ روم سے آ کر ماں کے پاس لیٹ گئی۔

"ممی۔۔۔ مم۔۔۔ ممی۔" ثوبیہ نے اپنی شہادت کی انگلی سے ماں کی آنکھ کھولنے کی کوشش کی۔۔۔ وہ ناکام ہو کر پھر رونے لگی۔

ممی ی ی۔۔۔" وہ ممی کو پکارتی ہوئی ہچکیاں لینے لگی۔

سونو بہن کو بے بسی سے دیکھتا رہا۔

"ممی اُٹھئے نا۔۔۔ ممی جی۔۔۔ ثوبی رو رہی ہے۔ اُسے بھوک لگی ہے۔"

وہ گلو گیر آواز میں ماں سے مخاطب ہوا۔۔۔ اُسے خود بھی بھوک لگی تھی مگر جب

تک اُس نے ثوبیہ کی بھوک کا ذکر نہ کیا اس طرف اُس کا خیال نہ گیا تھا۔

اب اُسے بھوک کا احساس ہونے لگا۔

وہ ماں کے پاس سے اُٹھ کر باورچی خانے میں چلا گیا۔ تمام برتن دھلے دھلائے رکھے تھے۔ کسی میں کچھ کھانے کو نہ تھا۔

اُس نے ریفریجریٹر کھولا۔۔۔ اُس میں سیب رکھے تھے۔۔۔ وہ دو سیب اُٹھا کر کمرے میں آ گیا۔

ایک سیب کو خود کترنے لگا اور دوسرا ثوبیہ کو پکڑا دیا۔ ثوبیہ اسے کھانے کی کوشش کرنے لگی۔ مگر اُس کے منھ میں اُگے آٹھ دانت سیب کے سخت چھلکے کے ساتھ انصاف نہ کر سکے اور وہ محض سیب کی سطح پر ایک آدھ نشان لگا کر رہ گئی اور چپ چاپ بھائی کو دیکھنے لگی۔ سونو نے سیب کا ایک ٹکڑا توڑ کر دیا تو وہ اُسے چبانے کی کوشش میں منھ کے اندر ادھر اُدھر گھماتی رہی اور آخر کار نگل گئی۔

دونوں سیب ختم ہو گئے تو سونو ریفریجریٹر میں پڑا آخری سیب اُٹھا لایا۔۔۔ کچھ دیر دونوں بہن بھائی سیب پر زور آزمائی کرتے رہے۔ اس سے فارغ ہو کر پھر ممی کو جگانے کی کوشش کرنے لگے۔

ممی کچھ نہ بولی تو وہ رو رو کر ممی کو ہلانے لگے۔ گھر میں اتنی گرمی تھی مگر ممی کا بدن ایک دم ٹھنڈا پڑا ہوا تھا۔۔۔ پتہ نہیں کیوں۔

پھر کسی وقت انھیں نیند آ گئی۔

دوسری صبح بھی ممی نہیں اُٹھیں۔ دروازے کی گھنٹی دو بار بجی تھی۔ جس سے سونو جاگ گیا تھا۔

"جی۔۔۔ ای ای۔۔۔ کون ہے۔" کوئی جواب نہ آیا۔ شاید مضبوط دیواروں اور

بھاری دروازے کے اُس پار اُس کی کم سِن آواز پہنچ نہیں پائی تھی اور آنے والا پھر لوٹ گیا تھا۔

ثوبیہ نے جاگتے ہی رونا شروع کر دیا تھا۔ اور ممی کے پاس جا کر زور زور سے چیختے ہوئے رو رو کر جب مایوس ہو گئی تو ہچکیاں لیتی ہوئی باہر آ گئی۔۔۔

اُس کا پھول سا چہرہ کمھلا گیا تھا۔

باورچی خانے میں سونو ریفریجریٹر کھولے بغور اندر دیکھ رہا تھا۔ پرسوں کا پڑا ہوا دودھ پھٹ چکا تھا۔ ثوبیہ کو قریب دیکھ کر اُس نے اُس کے کاندھے پر ہاتھ رکھ دیا۔

"دُودُو پیئے گی۔" اُس نے ممی کی طرح پوچھا تھا۔

"ہُوں۔" وہ زور زور سے سر ہلا کر بولی۔

اُس نے پھٹا ہوا دُودھ چمچ سے ثوبیہ کے فیڈر میں ڈالنے کی کوشش میں بہت سا دُودھ گرا کر تھوڑا سا ڈالنے میں کامیابی حاصل کی اور فیڈر بہن کے بڑھے ہوئے ہاتھوں میں تھما دیا۔

ثوبیہ وہیں فرش پر چت لیٹ کر دودھ پینے لگی۔ جب پھٹے ہوئے دودھ کا کوئی ٹکڑا ربر کے نپل کا چھید بند کرنے لگتا، وہ پیر پٹخ پٹخ کر پوری طاقت سے دودھ پینے کی کوشش کرنے لگتی اور رونے لگ جاتی پھر خود ہی چُپ ہو جاتی۔

سونو نے دودھ کے کچھ بچے ہوئے چمچ خود بھی پیے اور ثوبیہ کے پاس جا بیٹھا۔۔۔ بوتل خالی ہوئی تو ثوبیہ اُٹھ کر بیٹھ گئی۔۔۔ پھر کھڑی ہو کر ممی ممی پکارتی ہوئی خوابگاہ میں چلی گئی۔

سونو بھی کمرے میں آ گیا۔ اور کچھ دیر دروازے کے پاس کھڑا ہو کر ماں کو دیکھنے لگا۔ ممی کی شکل آج اچھی نہیں لگ رہی تھی۔

مسز بھسین کی جز وقتی ملازمہ صبح اوپر آئی تھی تو کسی نے دروازہ نہیں کھولا تھا۔۔۔ دراصل اماں نے اُن کے ہاں فون کیا تھا کہ بابرا کو بتا دیں کہ وہ ایک دن اور رُک گیا ہے اور کل آجائے گا۔ کیونکہ بابرا بہت جلد گھبرا جاتی ہے۔۔۔ ملازمہ سے دروازہ نہ کھُلنے کی خبر سن کر مسز بھسین نے سوچا تھا کہ پڑوسی کہیں گھومنے گئے ہوں گے۔ یا شاید سو رہے ہوں۔ یا جو بھی۔۔۔

"ثوبی! آجا اندر بیٹھیں۔" سونو نے ثوبیہ سے کہا۔

"کھڑکی سے باہر دیکھیں گے۔" وہ سر اثبات میں ہلا کر بولا۔۔۔

"نہیں۔۔۔ ممی پاش۔۔۔" اُس نے جھٹکے سے سر نفی میں ہلایا۔

"ممی تو بولتی ہیں نہیں۔۔۔ تو میرے پاس آجا۔" وہ اداس ہو کر بولا۔ اس کا چہرہ آج پیلا نظر آرہا تھا۔ چھوٹے چھوٹے ہونٹوں پر پپڑیاں جمی ہوئی تھیں۔

"آنا ثوبی۔۔۔ آجا۔" وہ دھیرے دھیرے سسکنے لگا۔۔۔ ثوبیہ ماں کے پھیلے ہوئے بازو پر سر رکھے اپنا انگوٹھا چوستی رہی اور سر نفی میں ہلا ہلا کر بھائی کو دیکھتی رہی۔۔۔

سونو اس کے قریب جا کر اسے اٹھانے لگا تو اسے محسوس ہوا کہ ممی کے پاس سے خراب سی بو آرہی تھی۔ ممی نہائی نہیں نا کل سے۔۔۔ کپڑے بھی نہیں بدلے۔۔۔ ہم بھی نہیں نہائے۔۔۔ اس نے اپنا گریبان سونگھا۔۔۔ وہاں اُسے پرسوں کے لگائے ہوئے بے بی پاوڈر کی ہلکی سی مہک آئی۔۔۔ اس نے پھر ممی کی طرف دیکھا۔۔۔ ممی کی شکل بدلی بدلی سی لگ رہی تھی۔ وہ آہستہ آہستہ ایک دو الٹے قدم اٹھاتا ہوا دیوار سے لگ گیا۔ اس کی نظریں ماں کے چہرے پر گڑھی تھیں۔ وہ دیوار کے ساتھ چلتا ہوا کمرے کے دوسرے کونے میں پہنچ گیا۔۔۔ اور دیوار سے پھسلتا ہوا فرش پر بیٹھ گیا۔ اس کے دل میں عجیب قسم کا خوف سا چھا رہا تھا۔ اسے نیند بھی آرہی تھی۔ مگر وہ پتہ نہیں کیا سوچ رہا تھا۔ خود اس کی

سمجھ میں بھی نہیں آرہا تھا۔ آنکھ لگنے لگتی تو فوراً آنکھیں کھول کر ماں کے چہرے کو دیکھنے لگتا۔۔۔ دور بیٹھا ہوا۔ وہاں سے ماں کے تلوے نظر آرہے تھے اور پھر ماں کا باقی جسم۔ بعد میں چہرہ۔ ٹھوڑی سے شروع ہوتا ہوا۔ اس کا دل دھک دھک کر رہا تھا اس نے دونوں ہاتھ اٹھا کر اپنی آنکھوں پر رکھ دیے۔ اور۔۔۔ پھر پتا نہیں کب وہ دیوار سے لگا لگا فرش پر آگیا۔ اس کے گھٹنے اس کے سینے سے لگے ہوئے تھے اور وہ سو چکا تھا۔

صبح پھر دروازے کی کال بیل لگاتار کچھ پل بجی تو وہی بیدار ہوا۔ دروازے تک گیا اور بے چارگی سے اسے دیکھتا رہا۔ کچھ منٹ بعد لوٹ آیا۔۔۔ گھر میں ہوتا تو کھڑکی سے نانی کو آواز لگاتا۔ یہاں تو نہ وہ دروازہ کھول سکتا تھا نہ کھڑکی۔ کھڑکی کھول بھی لیتا تو اس کی آواز کون سن پاتا کہ کھڑکی سے نظر آنے والے لوگ اس کی آواز کی رسائی سے بہت دور تھے۔

آج ثوبیہ ابھی تک سو رہی تھی۔ وہ دروازے پر ٹھہر کر ماں کی طرف دیکھنے لگا۔ ماں کا چہرہ بغیر پانی کے گلدان میں پڑے کئی دن پرانے پھول سا لگ رہا تھا۔ وہ آہستہ آہستہ ماں کے کچھ قریب جا کر غور سے دیکھنے لگا۔ ممی کی شکل بدل گئی تھی۔ یہ شکل کسی اور کی تھی۔ میلے سے مٹیالے چہرے والی۔۔۔ اس کی ممی تو گوری تھی۔۔۔ تو کیا یہ اس کی ممی نہیں تھی۔۔۔ تو کیا اس کی ممی کی شکل کو کچھ ہو گیا ہے۔۔۔ یا۔۔۔ یا یہ کوئی اور ہے۔ کوئی عجیب سی شے۔۔۔ انسان جیسی کوئی شے۔۔۔

ذہن میں اس خیال کے آتے ہی وہ زور سے چیخ پڑا۔ ثوبیہ نے جھٹ سے آنکھیں کھولیں اور رونے لگی۔ وہ چیختا ہوا کمرے سے باہر بھاگا اور ڈرائنگ روم کے لمبے صوفے کے عقب میں جا چھپا۔ اس کا چھوٹا سا وجود تھر تھر کانپ رہا تھا۔ اور آنکھوں سے موٹے موٹے آنسو بہہ رہے تھے۔ ثوبیہ کچھ دیر روتی رہی پھر اٹھ کر بھائی کو ڈھونڈنے لگی۔

"بیا۔ بیا۔" وہ باورچی خانے میں گئی اور روتے روتے بھائی کو پکارنے لگی۔ وہاں اُسے نہ پاکر ڈرائینگ روم میں آگئی۔

"بیا۔ آ۔ آ" اس نے نحیف سی آواز میں پکارا۔

سونو صوفے کے پیچھے سے نکل آیا۔ اس کے خوفزدہ دل میں احساسِ ذمہ داری نے قوّت بھر دی۔ بہن کو دیکھ اس کے قریب چلا گیا اور دونوں ہاتھوں میں اس کا چہرہ لے کر اس کے آنسو پونچھنے لگا۔ اسے محسوس ہوا کہ اس کی ثوبی کو بہت تیز بخار ہے۔

"بیّا۔ پانی۔" وہ ہچکیاں لیتی ہوئی بولی۔

"تجھے بخار ہے۔۔۔ آجا۔ ادھر لیٹ جا۔۔۔ میں پانی لاتا ہوں۔"

اس نے صوفے پر چڑھنے میں بہن کی مدد کی اور باورچی خانے کی طرف گیا۔ خوابگاہ کے قریب سے گزرتے وقت اس نے ایک ادھوری سی نظر کمرے کی طرف تیزی سے ڈالی پھر ریفریجریٹر کے پاس چلا گیا اور بوتل نکال کر پانی گلاس میں انڈیلنے لگا۔ ساری بوتل خالی کر کے ہی کہیں گلاس بھر سکا تھا۔

گلاس اور چمچہ لیے وہ بہن کے پاس اگیا اور اُسے دھیرے دھیرے پانی پلانے لگا۔ بیچ بیچ میں ایک آدھ چمچ وہ خود بھی پیتا رہا۔

"بھوک لگی ہے؟" اس نے نہایت محبت سے ثوبیہ سے پوچھا تو اس نے نفی میں سر ہلا دیا۔

صبح جب دروازے کی گھنٹی سن کر سونو بے بسی سے پلٹ آیا تھا اس وقت مسٹر بھسین کے ہاں پھر اماں نے ٹیلی فون کیا تھا۔ اور پھر مسز بھسین نے اپنی جز وقتی ملازمہ کو اوپر روانہ کیا تھا جو لگاتار تین چار گھنٹیاں بجا کر لوٹ آئی تھی۔

ثوبیہ ڈرائینگ روم کے صوفے پر نڈھال پڑی تھی۔

سونو ذمہ دار بھائی کی طرح اس کے قریب بیٹھا تھا۔ بیچ بیچ میں دونوں اونگھ لیتے۔ شاید مسلسل نقاہت یا رات بھر گھٹی ہوئی آلودہ فضا میں رہنے کے باعث ان کی ایسی حالت ہوگئی تھی۔

کبھی کبھی سونو سر گھما کر چور نظروں سے بیڈ روم کی طرف دیکھتا اور جلدی سے چہرہ دوسری طرف پھیر لیتا۔ وقفے وقفے سے اس کے آنسو بہہ نکلتے تھے۔

اس بار ثوبیہ جاگی تو پھر رونے لگی۔

"دُودھ پیئے گی ثوبی۔؟" اس نے آواز میں پیار بھر کر کہا۔

"مگر دودھ تو ہے ہی نہیں۔ اچھا ٹھہر جا میں کچھ اور دیکھتا ہوں۔" ثوبیہ نے کچھ نہ کہا۔ سونو کو خود بھی بہت بھوک لگ رہی تھی۔

وہ تیز تیز قدم اٹھاتا ہوا باورچی خانے کی طرف گیا اور پلاسٹک کی میز کھینچ کر نعمت خانے کی الماری کے ٹھیک نیچے تک لے گیا۔

بسکٹ کا ڈبہ لے کر جب وہ خوابگاہ کے باہر سے گزرا تو اس نے بے اختیار سا ہو کر اندر نگاہ دوڑائی حالانکہ وہ وہاں سے سیدھا ڈرائینگ روم میں بھاگ آنا چاہتا تھا۔ کیونکہ اسے پتہ تھا اندر اس کی ممی نہیں۔ پتہ نہیں کون ہے اور کیا ہے۔ اس نے دیکھا کہ بیڈ پر پڑی ہوئی ممی جیسی کوئی چیز جیسے دب کر پھیل گئی تھی۔ بند آنکھیں جیسے بڑے بڑے ابھرے ہوئے دائروں میں دھنسی پڑی تھیں۔ اس چیز کے ہاتھ پاؤں اور چہرہ جانے کس رنگ کے تھے۔۔۔ دوسرے ہی پل اس نے منہ دوسری طرف موڑا اور پوری طاقت لگا کر ڈرائینگ روم کی طرف بھاگا۔ اس کا چہرہ خوف سے پیلا پڑ گیا تھا۔ بدن پسینہ پسینہ ہو رہا تھا۔

شاید وہ ایک زوردار چیخ مار کر بے ہوش ہو جاتا مگر بخار میں چپ چاپ لیٹی ہوئی بہن

نے اس کے حواس کو قابو میں رکھا۔ چیخ اس کے ننھے سے سینے میں گھٹ کر رہ گئی۔

وہ بہن کے قریب چلا گیا اور باچھیں کھول کر مسکرانے لگا تو اس کے سوکھے لب سفید ہو رہے تھے۔

"بِسکٹ۔ لایا ہوں۔" وہ تھرتھراتی ہوئی آواز میں بولا۔

"کھائے گی۔" وہ پیار سے پوچھنے لگا۔ اور ثوبیہ ٹکر ٹکر بھائی کو دیکھتی رہی۔

***

پوتھی پڑھی پڑھی

بالکنی میں کھڑے ہونے کے بعد جب میں نے اوپر نظر اٹھائی تو راکھ کے رنگ کے آسمان کو دیکھتے ہی طبیعت بجھ سی گئی۔ اُداسیاں پھن پھیلائے میرے دائیں بائیں آ کھڑی ہوئیں۔ مجھے خود کو ان ناگنوں کا شکار نہیں ہونے دینا چاہیے۔ زندگی ٹھہر تو نہیں گئی۔ ایسا نہیں ہے کہ راکھ کے رنگ کا آسمان دیکھنے کی میں عادی نہیں ہوں، مجھے تو عادت ہی ایسے آسمان تلے جینے کی ہے۔ دہائی بھر سے اوپر ہو گیا اب تو۔ بس کبھی کبھی کچھ دنوں کی چھٹیاں منانے کا موقع مل جائے یا کسی کانفرنس یا سمینار میں کہیں شہر سے باہر جانا ہو تو بات دوسری ہے۔ جب آسمان کا اصلی رنگ نظر آتا ہے۔ نیلا، فیروزی یا کپاس کے پھولوں ایسا سپید۔ یا کالے گھنے گھنے بادلوں سے ڈھکا ہوا، جھانکتا، چھپتا۔

ایسا ہی ایک اسٹڈی ویک اٹینڈ کر کے لوٹی تھی میں صبح ایک پہاڑی مقام سے۔ بلکہ ایک حسین ترین پہاڑی علاقے سے۔ کوئی چھ دن بعد۔

رات ٹرین کے آرام دہ کمپارٹمنٹ میں سوئی رہی۔ مگر شاید تین یا ساڑھے تین گھنٹے۔ حالانکہ میرے پاس سونے کے لیے پورے آٹھ گھنٹے تھے۔ مگر نیند نہیں آ رہی تھی۔ مجھے پہاڑ پر گزری ہوئی شاموں کا خیال آ رہا تھا۔ یہاں ایسی یکسوئی سے شام گزارنا ممکن ہوتا تو یہ اُداسیاں میرے ارد گرد۔۔۔ اس طرح۔۔۔

جب میں پہاڑ پر پہنچی تو صبحِ کاذب کے چہرے سے سیاہ نقاب سرکنے والی تھی، ہوا میں خنکی تھی، اور خنکی میں رچی نمی نے یہ احساس دلایا کہ آس پاس ہی کہیں صبح منتظر

کھڑی ہے۔ اس بار میرے ساتھ کئی چیزیں پہلی بار ہوئی تھیں۔ میری نیند گہری نہیں ہوتی مگر چونکہ پہلی بار شب کا سفر کیا تھا اس لیے گھڑی اتار دی تھی کہ شاید تکان کا مارے نیند گہری آئے اور کوئی چور دور۔۔۔

میں نے سفری بیگ کی زپ سے لگا ننھا سا تالا کھول کر گھڑی نکالی تو چار بجنے میں ۱۰ منٹ باقی تھے۔ یہ بھی پہلا موقع تھا کہ میں سحر کے وقت کسی پہاڑی مقام پر کمرے سے باہر تھی۔ یہ سفر بھی میرا پہلا تنہا سفر تھا۔ پہلی بار میں نے سحر کی بھیگی ہواؤں کی خوشبو محسوس کی تھی۔ نیند کی کمی سے بوجھل سلگتی آنکھوں میں ایسی ٹھنڈک پڑی جیسے یعقوبؑ کو یوسفؑ کا لباس چھو جانے سے۔ تھکن سے چور بدن میں تازگی کی لہر دوڑ گئی، جیسے آٹھ نو گھنٹے آرام کیا ہو۔ جی چاہا کہ سامان گیسٹ ہاؤس کے چوکیدار کے حوالے کر دوں اور خود وہیں اس مختصر سے زینے کے کنارے پر بیٹھ کر شبنم میں بھیگ بھیگ جاؤں۔ تو یہ ہوتا ہے سَحر کا سِحر۔ نئی زندگی جیسا، نئی روح ایسا۔

میں لمبے سانس لیتی ہوئی آسمان پر چمکتے ستاروں کو تکنے لگی۔ چوکیدار نے مجھے دیکھا تو خود ہی سامان اٹھا کر اندر کی طرف چل پڑا۔ اس کا اوجھل ہونا تھا کہ میں نے اپنے نرم گرم شال کو دُپٹے کی طرح گردن سے لگا کر شانوں کے پیچھے پھینکا اور باہیں آسمان کی طرف پھیلا کر ایک پاؤں پر ایک دائرہ ناچ لی، جیسے کہ آسمان سے ستارے ٹوٹ کر میرے ہاتھوں میں آیا چاہتے ہوں۔ ہوا سرد مگر فرحت بخش تھی۔ میرے ہونٹوں پر جانے کب سے ہلکی ہلکی سی مسکراہٹ پھیلی ہوئی تھی۔ اپنے اندر مجھے ایک غیر یقینی سی خوشی اور توانائی کا احساس ہوا تو مجھے خیال آیا کہ داناؤں نے اسی لیے نسیمِ سحر کی اس درجہ پذیرائی کی ہے۔ اور اس مقام کی سحر۔۔۔ بات دو آتشہ ہو گئی۔ اگر صبح اتنی دلربا ہے تو شام کیسی جادو بھری ہو گی۔ جب طیور اپنے اپنے آشیانوں کی طرف پرواز کرتے ہوئے آپس میں چہلیں

کرتے ہوں گے۔ میں کمرے کی بالکنی میں کرسی پر بیٹھ کر کافی کا گرم گرم مگ ہاتھوں میں تھامے انھیں دیکھوں گی اور ساتھ ساتھ حنا سے باتیں بھی۔

اوہ! میں تو بھول ہی گئی۔ اس بار ایک اور نئی بات بھی ہوئی تھی۔ حنا میرے ساتھ نہیں تھی۔ اس کے بغیر میں زندگی بھر کبھی کہیں نہیں گئی۔ کبھی کبھی اپنی پرانی تصویریں دیکھا کرتی ہوں۔ چاند سے چہرے والی حنا کی گود میں ننھی سی، گل گوتھنا سی میں۔ رنگ برنگے پھولوں والا فراک پہنے ہوئے۔ دونوں ٹخنوں میں چھم چھم کرتی ہوئی، بے شمار گھنگھروؤں والی پازیبیں پہنے۔ یہ پازیبیں میں نے حنا کے جنم دن پر پہنائی تھیں اسے۔ ہاں یاد آیا۔ تصویر میں چاند سے چہرے والی وہ لڑکی حنا نہیں، میں ہوں اور میری گود میں حنا پائلیں پہنے ہوئے، حنا نے بولنا بہت جلد سیکھ لیا تھا۔ اور چلنا بہت دیر سے۔ میرے والد کہا کرتے تھے کہ بہت ذہین ہوتے ہیں جلد بولنے والے بچے۔ اور چلی تو وہ سال بھر سے کچھ اوپر ہو گئی جب ہی۔ پازیبیں پہنے ہوئے جب وہ گول نرم پاؤں اٹھا کر تھپ تھپ آوازیں پیدا کرتی ہوئی چلتی تو فضا میں ایک لطیف سا ترنم چھڑ جاتا۔ گھنگھریاں چھن چھن بجتیں اور دھپ کی آواز کے ساتھ ایک دم بند ہو جاتیں۔ اور میں کان کلکاریوں پر لگا دیتی۔ بھاگ کر اسے گود میں اٹھا لیتی۔ وہ ایک آنکھ پر ہاتھ رکھے دوسری آنکھ سے میری راہ دیکھتی ہوئی ناز بھری آواز میں پکار چھیڑ دیتی۔

"ماریں گے۔ ماریں گے اس فرش کو ہم۔ ہمارے بچّے کو چوٹ لگا دی۔؟ گرا دیا۔؟ بہت خراب بات ہے۔ بہت خراب۔" میں ایک پاؤں دو چار بار فرش پر پٹختی اور اس کی ایک آنکھ کے پاس بسیار محنت کے باوجود بھی نہ آیا ہوا آنسو جھوٹ موٹ پونچھ کر سینے سے لپٹائے اپنے پاس لے آتی۔ وہ اپنی منّی منّی باہیں میرے گلے سے لپٹائے رکھتی۔ میں لکھنے کی میز کے پاس آتی تو وہ میرے زانوں پر بیٹھی رہتی۔ میز کو زور زور سے تھپکتی، پھر

پتہ نہیں کب گود سے اتر جاتی۔ وہ جب چاہے گود سے نکل جاتی تھی۔ چاہے میں کسی بھی زاویے سے اسے لیے رہوں۔ پکڑ کر کچھ کھلاؤں، دبوچے رکھوں مگر جانے کس طرح وہ بغیر روئے، شور مچائے، ہنستی ہوئی، اچانک مچھلی کی طرح۔۔۔ نہیں۔۔۔ مکھن کی ڈلی کی طرح ہاتھوں سے پھسل جاتی۔

وہ کبھی روتی نہیں تھی۔ میں گھنٹوں اسے اپنے ساتھ کبھی کہیں، کبھی کہیں بٹھائے رکھتی۔ ہال میں یوں بیٹھتی جیسے میں نہیں وہی ان کانفرنسوں اور سمیناروں میں شریک ہونے آئی ہو۔ خاموش دیکھتی، سنتی ہوئی۔ میری مختصر سی دنیا کی تکمیل میں اس کے مزاج کا بھی ہاتھ تھا ورنہ عنظر سے علیحدگی کے بعد شاید میں بھی کچھ سوچتی۔ مگر میری اس دوست اور رفیق نے مجھے کبھی احساسِ تنہائی نہ ہونے دیا۔ ہر حال میں میں نے اسے صبر و شکر کی تصویر پایا۔ میں اگر مصروف ہوں اور اس کے دودھ کا وقت ٹل رہا ہے تو وہ چپ چاپ شہادت کی انگلی منھ میں ڈالے ساکت لیٹی چھت کو تکا کرتی۔ میں آتی تو مسکرا دیتی۔

وقت کو ایک کام بہت اچھی طرح آتا ہے۔ پر لگا کر اُڑنا۔ وقت میرے دیکھتے دیکھتے اُڑ گیا۔

حنا کے ہاتھوں میں مہندی رچی۔ وہ چلی گئی۔ میری حنا مکھن کی ڈلی کی طرح ہاتھوں سے نکل گئی۔ میرے زندگی کے سارے رنگ ساتھ لے گئی اور میں ایک بار پھر Single Woman بن گئی۔ بلکہ ایک بار پھر یتیم ہوگئی۔

نظمی اچھا لڑکا ہے۔ کینیڈا میں ڈاکٹر ہے۔ ڈاکٹر لڑکی کے لیے ڈاکٹر شوہر ہی موزوں رہتا ہے میرے خیال میں۔ سال بھر بعد واپس لوٹیں گے دونوں۔ پھر یہیں رہائش رہے گی۔ مجھے چار بیڈ روم کے فلیٹ کا کیا کرنا ہے۔

مگر ابھی تو حنا کو گئے ہوئے مہینہ بھی نہیں ہوا۔

"کیا جلدی تھی آپ کو میری شادی کی۔ میں ایم ڈی کر لیتی۔" وہ مہندی کی رات کو میرے گلے سے لپٹ کر لاڈلی سی آواز میں بولی تھی۔ گلے کی آمیزش کے ساتھ ہلکا ہلکا احتجاج لیے ہوئے۔

"میں تو سمجھی تھی تم بہت خوش ہو اس رشتے سے۔" میں روہانسی ہو کر بولی تھی۔

"دکھی بھی نہیں ہوں۔ مگر میں نے سوچا کہ آپ اتنی خواہش مند ہیں مجھے دلہن بنانے کی تو۔" اس نے میرے گلے سے باہیں الگ کر کے نیچے دیکھتے ہوئے کہا تھا۔ اصل میں میں نے اسے نظمی کی Company میں بہت خوش دیکھا تھا۔ یا ایسا سمجھا تھا کہ جب وہ آتا تو خوب قہقہے لگتے۔ حنا باورچی خانے میں میرا ہاتھ بٹاتی۔ مجھے کھینچ کھینچ کر ڈرائنگ روم میں لے جاتی اور لطیفوں اور دلچسپ واقعات میں شریک کرتی۔ ہنستی ہنساتی رہتی۔

اور میں یہ سمجھی کہ۔۔۔ یہ سوچ کر کہ کہیں اس کی خوشیوں میں کوئی کمی نہ رہ جائے۔ میں نے جلدی میں رشتہ۔۔۔

رخصتی کے دن میں اسے کتنی باتیں کہنا اور سمجھانا چاہتی تھی مگر وہ الٹا مجھے ہی سمجھائے جا رہی تھی۔

"سیما کے پارلر سے بال نا بنوائیے گا امی۔۔۔ وہیں جائیے گا حبیب کے ہاں۔۔۔ برباد کر دیتی ہے وہ آپ کے بال۔۔۔ اور ہاں امی یہ جنریٹر بدلوا دیجئے گا۔ میں کب سے کہہ رہی ہوں۔ دیکھئے اس کی ڈوری آپ سے کھنچے گی نہیں۔۔۔ ہاں۔۔۔ بازو دکھے گا تو لکھیں گی کیسے۔۔۔ رخسانہ کو کہیے گا کہ اپنے بیٹے کو یہیں لے آئے۔ گھر نہ جایا کرے شام کو۔ اب اس فلیٹ میں آپ اکیلی ہوں گی تو۔۔۔" وہ زور زور سے بولتی ہوئی اچانک خاموش ہو جاتی۔ مجھے سینے کے اندر سے دھپ کی آواز سنائی دیتی۔۔۔ پازیب کی جھنکار بند ہو جاتی تو میں اس کی طرف غور سے دیکھتی۔۔۔ وہ رندھی ہوئی آواز کو کامیابی سے قابو میں لاتی

ہوئی کہتی۔۔۔ "اب اکیلی ہیں تو۔۔۔" وہ جیسے کچھ نگلتی۔۔۔ "تو یہ ٹانک لینا مت بھول جایئے گا۔اس میں کیلشیم اور وٹامن کے ساتھ ساتھ بی کامپلیکس اور آئرن بھی ہے۔"

"افوہ۔۔۔بتایا ہے ناتم نے مجھے کئی دفعہ میری امّاں۔" میں مجروح سی آواز پر ہنسی کا بینڈ ایڈ (Bandaid) چپکا کر کہتی۔ اور وہ اور میں دونوں ہنس دیتے۔ اور شادی میں آئے مہمان بھی۔ ہم دونوں کے علاوہ اپنی اپنی اور ایک دوسرے کی حالت کا اندازہ کسی کو نہ ہوتا۔

بچھڑتے وقت وہ زخمی پرندے کی طرح پھڑ پھڑائی تھی۔ شاخِ گل سا سجا سنورا اس کا نازک سا وجود ہر ہچکی کے ساتھ ہچکولے کھاتا۔ میں اسے سنبھالنے کے بہانے خود طوفان کی زد میں آئی نیّا سی ڈولتی، لبوں تک آئے دم کو قابو میں رکھے، اسے وداع کر آئی۔ اور جب سے۔ جب سے اب تک۔ نسیم سحر سے دوستی ہونے تک ماہی بے آب سی تڑپتی رہی۔ رخسانہ اپنے بچّے کو لے کر ہمارے ہاں آگئی ہے۔

حنا کے جانے کے بعد میں پہلی بار گھر سے نکلی ہوں۔

ہوا تیز چلنے لگی تھی۔ ہاتھوں اور پیروں میں ٹھنڈ سی محسوس ہوئی تو میں نے گلے سے لپٹی شال پھیلا کر اوڑھ لی۔ قریب ہی سے کوئی کوّا بول اٹھا۔ لہراتی ہوا میں پھولوں کی مہک شامل ہو گئی تھی۔ میں نے دور نظر دوڑائی۔ پہاڑوں کے قریب آسمان کی سیاہی میں نیلاہٹ گھلا چاہتی تھی۔ سامنے ایک کشادہ باغیچہ تھا۔ میں نے کیاریوں کے ساتھ ساتھ چلتے ہوئے ایک چکر کاٹا۔ میرے بال پھر کھل گئے تھے۔ چاہے کسی بھی انداز سے بناؤں میں انھیں مگر یہ اس قدر ملائم ہیں کہ جوڑا پھسل پھسل جاتا ہے۔ مُوباف سے نکل آتے ہیں اور ہیئر پن ڈھیلا ہو کر ِگر جاتا ہے۔ جبھی تو حنا نے انھیں ترشوالیا تھا۔ اب کچھ بے ترتیبی سے بڑھے ہوئے تھے تو میں نے انھیں ربر بینڈ میں سمیٹنا شروع کر دیا تھا۔ مگر اس وقت پھر ربر

سے کسی طرح پھسل کر۔۔۔ اگر حنا ہوتی تو سفر سے پہلے ضرور میرے بال سیٹ کروالیتی۔

میں نے کمرا تو دیکھا ہی نہیں تھا۔ مجھے اندر جانا ہو گا۔ اس منظر کو چھوڑ کر۔۔۔

فرحتِ دیدنِ گل آہ کہ بسیار کم ست
آرزوئے دلِ مرغانِ چمن بسیار ست

میں اندر جاتے ہی حنا کی تصویر میز پر سجادوں گی۔ دن میں کئی بار تو دیکھتی ہوں میں اس کی تصویر۔ اور کل رات سے میں نے اسے ایک بار بھی نہیں دیکھا تھا۔ مجھے اندر جانا چاہیے۔

میں زینے کی طرف مڑی تو پیچھے سے مجھے کسی کے دوڑنے کی آہٹ سنائی دی۔ کوئی ہلکی رفتار سے دوڑ رہا تھا۔ اسپورٹس شوز اور ٹریک سوٹ میں۔ داڑھی سفید تھی اور سر کے لمبے سفید بال جُوڑے کی شکل میں سر کے اوپر ایک رومال میں بندھے ہوئے تھے۔ مگر انداز خاصا پھرتیلا تھا۔ میں نے قدم آگے بڑھایا تو آواز آئی۔

"گڈ مارننگ۔" وہ مسکراتے ہوئے مجھ سے مخاطب تھے اور آواز میں سانس کا تیز اُتار چڑھاؤ واضح تھا۔

"گڈ مارننگ۔" میں نے جلدی سے کہا اور اندر کی طرف قدم بڑھا دیے۔ بدلتے موسموں کی مہربانی سے مجھے اس قدر محتاط رویے کو خیر باد کہہ دینا چاہیے تھا۔ مگر مجھ میں میں کم اور حنا زیادہ نظر آتی۔ لوگ کہتے تھے۔

اس لیے میں اس فطری احتیاط سے دامن نہ چھڑا سکی تھی۔۔۔

حنا کی میرے شانے پر رخسار رکھے کھنچی تصویر کو بوسہ دے کر میں نے کپڑے المباری میں ہینگروں پر لٹکا دیے۔ گرم پانی سے غسل کیا اور اُس ذی الجلال مبین کو یاد کیا۔

ڈائننگ ہال میں خاصے لوگ تھے۔ ۴۰ اور ۷۰ کے آس پاس کے سن کے۔ جیسے کہ اس طرح کے، یونیورسٹیوں کے بعد توسیعی تعلیم کے اداروں سے متعلق اشخاص ہوا کرتے ہیں۔ کچھ لوگوں سے شناسائی تھی۔ کچھ اجنبی تھے۔ ایک میز پر صبح والے سردار صاحب لطیفے سنا رہے تھے۔ ایک خاتون میری پہچان کی نظر آئیں۔ جو ہال میں کئی لوگوں سے واقف نظر آ رہی تھیں۔ مجھ پر نظر پڑتے ہی میرے پاس چلی آئیں۔

"نمسکار رِتو جی۔" سردار صاحب رِتو شریواستو سے مخاطب تھے۔

"ارے آپ۔۔۔ کیسے ہیں، آیئے نا۔" رِتو نے کرسی کھینچی۔

"یہ فوزیہ سلیمان ہیں۔ بہت اچھی قلمکارہ۔۔۔ فوزیہ! یہ تبسّم صاحب ہیں۔"

رِتو نے مجھ سے کہا "سریندر سنگھ تبسّم۔"

"آداب محترمہ۔۔۔ میں نے شاید آپ کو صبح دیکھا تھا۔ تعلیمی ہفتے میں شرکت کے لیے تشریف لائی ہیں۔ زہے نصیب۔" وہ میری طرف دیکھ کر کرسی پر ہاتھ دھرے کھڑے رہے۔ میں نے بھی اٹھ کر تسلیم کیا۔

"فوزیہ تم حیران ہو گی کہ سردار صاحب اور یہ نفیس اردو۔ آپ دراصل انگریزی کی پروفیسر شپ سے ریٹائر ہوئے ہیں، پنجابی میں کئی ناول تحریر کیے ہیں، اردو کے کچھ بڑے بڑے ناولوں کا ترجمہ کیا ہے۔" رِتو نے کہا تو تبسّم صاحب نے فوراً بات کاٹی۔

"رِتو جی کیا پورا بایوڈاٹا ہی پیش کر دیں گی۔" سردار صاحب خوش دلی سے ہنستے ہوئے بولے۔

"اور کیا ہو رہا ہے آج کل سر۔" رِتو نے پوچھا۔

"پنجابی ادب کی تاریخ پر کتاب لکھ رہا ہوں۔ اب تو سال بھر سے یہیں ہوں۔" یہ کہہ کر وہ کچھ خاموش ہو گئے۔

جب ہم لوگ سمینار روم میں داخل ہو رہے تھے تو تبسّم صاحب مختلف لوگوں سے مل رہے تھے اور دوسروں سے بھی ملوا رہے تھے۔ جس کا ذکر کرتے، اس کی صدق دلی سے تعریف بھی کرتے۔ کسی کی چھوٹی سی خوبی کو بڑھا چڑھا کر سراہتے۔ اور ایسا کرتے ہوئے ان کے چہرے پر پُر خلوص سے تاثرات چھا جاتے۔

دن دلچسپ گزرا۔ تازہ ہوائیں۔ کام۔ پڑھے لکھے لوگ۔ مباحثے، ہلکا پھلکا لنچ۔۔۔ اور لنچ کے فوراً بعد مقررین کو سنتے ہوئے، سوچنے کے بہانے پل دو پل کی جھپکیاں لیتے ہوئے حاضرین۔

شام کو کمرے میں لوٹی۔ کچھ کتابوں کو دیکھا، کچھ مقالے کو بھالا۔ بالکنی میں آئی۔ غروبِ آفتاب کا بہترین منظر نظر آرہا تھا۔ بھٹی میں تپے ہوئے گھڑے ایسا قرمزی رنگ کا خورشید اپنی جسامت سے بڑا نظر آرہا تھا۔ ایک پرندہ سورج کے کہیں قریب ہی چکر کاٹ رہا تھا۔ باقی پرندے ٹولیوں میں بٹے جیسے سورج کے آس پاس پرواز کر رہے تھے۔

"حنا ذرا باہر تو آنا۔" میں نے پلٹ کر حنا کو پکارنا چاہا۔ آواز زباں بنتے بنتے لوٹ گئی۔ کتنی خاموشی تھی۔ دور دور تک کوئی نظر نہیں آرہا تھا۔ لوگ شاید مارکیٹ کی طرف گئے ہوں گے۔

تبسّم صاحب کہیں سے آرہے تھے۔ اسپورٹس شوز پہنے ہوئے۔ مگر اس وقت ان کی چال میں صبح والی چستی نہیں تھی۔ آہستہ چل رہے تھے۔ دونوں طرف پیڑوں اور سبزے کو دیکھتے ہوئے۔ بیچ بیچ میں رُک بھی جاتے۔ شاید کسی جھینگر پر غور کرنے کے لیے۔ ہاتھ میں ایک پتلی سی چھڑی تھی۔ جسے کبھی گھماتے اور کبھی عصا کی طرح ٹیکتے۔

بالکنی کے سامنے سے گزرے تو ہاتھ سے ویو کیا۔ میں نے بھی جواب میں ہاتھ ہلایا۔ کوئی گھنٹہ بھر بعد جب میں لائبریری کی طرف جانے لگی تو تبسّم صاحب سامنے سے آتے

دکھائی دیے۔ سر جھکائے ہوئے، جیسے کسی سنجیدہ مسئلے کو حل کرنے کی کوشش میں ہوں۔ کچھ غمزدہ سے بھی نظر آرہے تھے۔ یا شاید طبیعت ناساز ہو۔

"آداب آداب۔" مجھے دیکھتے ہی بولے۔

"آداب۔"

"چائے پی جائے؟ اگر Free ہوں تو۔۔۔" آداب کہتے وقت ان کے چہرے پر رونق سی آگئی تھی۔ چائے پینے کا خیال ظاہر کرتے وقت رونق ایک ٹھہری ہوئی سنجیدگی میں تبدیل ہوگئی تھی۔ اور آخری جملہ کہتے ہوئے وہ اس قدر اداس نظر آنے لگے کہ معلوم ہوتا تھا جیسے کچھ ہی دیر میں رونے والے ہوں۔

"رِتو بازار گئی ہے۔ بس ذرا آجائے تو۔" میں نے سڑک کی طرف دیکھ کر کہا۔

"جب تک ہم ڈائیننگ ہال کی طرف چلتے ہیں؟" انھوں نے اس انداز سے کہا جیسے انھیں یقین ہو کہ میں ہال کی طرف جانے والی نہیں ہوں۔

"آپ کی طبیعت ٹھیک ہے نا۔" میں نے آہستہ سے پوچھا۔

"ہاں۔۔۔ جی ہاں۔۔۔ شام کو بس۔۔۔ انسان جیسے بیمار سا ہو جاتا ہے یہاں۔" وہ کچھ ایسے بولے جیسے کوئی مہلک مرض چھپا رہے ہوں۔

"دن میں خاصے ایکٹیو تھے آپ۔۔۔ اس وقت۔"

"نہیں تو۔۔۔ میں بالکل ٹھیک ہوں۔۔۔ بہت بہت شکریہ۔"

"آپ سیر کے بہت شوقین معلوم ہوتے ہیں۔ ویسے انسان یہاں سیر نہ کرے تو پھر اور کہاں کرے۔۔۔ یہ تازہ ہوائیں۔۔۔ ہریالی۔"

میں نے سوال کے ساتھ خود ہی جواب جوڑ دیا۔

"جی ہاں۔۔۔ مگر اب سیر بھی کتنی کرے انسان۔۔۔ میں دراصل دیکھ رہا تھا کہ یہ

سب لوگ۔۔۔ شاید کوئی مل جائے۔ باتیں واتیں ہوں، چائے ہو۔" ان کی آواز میں کرب سا اتر آیا تھا۔

حنا آج بے طرح یاد آ رہی تھی مجھے۔ وہ ساتھ ہوتی تو ہم دونوں اس لمبی سڑک پر ایک طویل چکر لگا آتے۔ بہت سی باتیں کرتے ہوئے۔ ان چار دنوں کو اور خوبصورت طرح سے گزرانے کے پروگرام بناتے ہوئے۔۔۔ مگر یہاں دور تک نیم انسانی صورتوں میں صرف سیاہ لنگور نظر آ رہے تھے۔ Study Week کے بڑے سے بینر پر ایک قُمری چونچ بھینچے، اپنے ننھے، بھورے رنگ کے مہین مہین پروں والے حلقوں کو جنبش دیتی ہوئی کُک۔ کُک کی صدائیں لگاتی ہوئی اپنے چھوٹے سے سر کو ہلا کر اِدھر اُدھر دیکھتی ہوئی جانے کسے پکار رہی تھی۔

اگر اس کا حلق پھولتا پچکتا نہیں تو اس کی بند چونچ کو دیکھ کر یہ اندازہ لگانا ہرگز ممکن نہ تھا کہ یہ صدائیں وہی لگا رہی ہے۔ یہ آوازیں فضا میں کچھ اس طرح تحلیل ہوتیں جیسے کہیں دور سے سنائی دے رہی ہوں۔ سامنے ایک شخص چائے کے خالی برتن لے کر کسی کمرے سے نکل رہا تھا۔

"دراصل یہاں۔۔۔ ان پہاڑوں پر شامیں اُداس ہوا کرتی ہیں۔" تبسّم صاحب نے ڈوبی ڈوبی سی آواز میں کہا۔

"ہاں، واقعی۔" جانے یہ جملہ میں نے فوراً ہی کیوں کہہ دیا۔

"آپ کو بھی محسوس ہوا نا۔۔۔" وہ انگلی میری طرف اٹھا کر بولے۔

"شام گزارنا ایک مسئلہ ہو جاتا ہے۔ میرے ساتھ تو ایسا ہی ہے۔" یہ کہہ کر وہ خاموش ہو گئے۔ اور کہیں دور دیکھتے ہوئے چلنے لگے۔

دور سے رِتو کسی کے ساتھ آتی دکھائی دی تو میں بھی تبسّم صاحب کے ساتھ چلنے

لگی۔

"شام گزارنے کے لیے کوئی دلچسپ سا مشغلہ ڈھونڈ لیجیے نا۔" میں نے کہا۔

"ہاں سوچا تھا۔ بلکہ دو مہینے پہلے جب آفریدی صاحب۔۔۔ تھے تو۔۔۔ سوشیالوجسٹ، آپ جانتی ہوں گی مشہور ماہر سماجیات ہیں۔۔۔ وہ اور میں بیڈمینٹن کھیلا کرتے تھے ہر شام۔۔۔ وقت کیسے گزرتا پتہ ہی نہ چلتا۔" تبسم صاحب کے چہرے سے خوشی پھوٹنے لگی۔ "مہینہ بھر خاصے پنکچول رہے ہم۔ کبھی کبھی سہ پہر بھی ساتھ گزرتی۔ مگر پھر وہ چلے گئے۔۔۔" ان کا چہرہ بجھ سا گیا۔ مگر دوسرے ہی پل لوگوں کو بازار سے لوٹتا دیکھ کر وہ کھل اٹھے۔

"وہ دیکھئے آپ کی رِتو جی بھی آرہی ہیں۔ یہ خاتون جو اُن کے ساتھ ہیں یہاں فیلو ہیں ایک عرصے سے۔ بہت مصروف رہتی ہیں۔ آج مدت بعد نظر آرہی ہیں یہ شام کے وقت۔ ورنہ بس لنچ ڈنر وغیرہ میں۔ اُدھر دیکھئے کچھ ہمارے یار لوگ بھی آرہے ہیں پیچھے پیچھے۔" آخری جملہ کہتے وقت ان کی آواز کی چھک نمایاں ہوگئی تھی۔

سبھی ساتھ ساتھ ڈائننگ ہال پہنچے۔

"یہ مسز ترویدی ہیں۔" رِتو نے کہا تو میں نے آداب کہا۔

"رِتو کہتی ہے تم بہت اچھا لکھتی ہو۔" انھوں نے محبت اور اپنائیت سے کہا۔

"بور تو نہیں ہوئیں نا یہاں۔" انھوں نے پوچھا۔

"جی بس ذرا سا کسی وقت۔۔۔ رِتو بھی نہیں تھی نا۔۔۔ تو۔"

"رِتو۔۔۔ میرے کمرے میں آگئی تھی۔ پھر ہم ذرا بازار کی طرف ہو لیے۔ مجھے کچھ پھل وغیرہ خریدنے تھے اور اسے پتہ نہیں کیا کیا۔" مسز ترویدی ہنس دیں۔ وہ ایک دبلی پتلی جسامت کی پچھتّر چھہتر کے سِن کے مشفق سی خاتون تھیں۔ صاف رنگ۔ گہری گہری

آنکھیں۔ بال چند ایک کو چھوڑ کر سب سفید۔ چہرے پر لکیریں ہی لکیریں مگر باریک، جو جلد میں پڑی تھیں۔ گہری جھرّیاں نہیں۔ مسکراتیں تو بچوّں کی سی معصوم نظر آتیں اور بات کرتیں تو محبت کے سارے معنی سمجھ میں آنے لگتے۔

"آپ تو کبھی بور نہیں ہوتیں میڈم۔۔۔!" تبسّم صاحب سب کی طرف باری باری دیکھ کر مسکراتے ہوئے بولے۔ ان کا چہرہ خاصا بشاش نظر آرہا تھا۔ اس سوال میں مجھے بھی دلچسپی تھی۔

"پہلے پہل جب شہر سے ایک دم یہاں آئی تو۔۔۔ خالی خالی سا لگتا۔ ادھر گھر میں بھی بچےّ اپنی اپنی دنیاؤں کے ہو گئے تھے۔ کچھ ایسا فرق بھی نہیں پڑا مگر پھر بھی یہ سکوت کہیں اندر سے خاموش سا کر دیتا۔ حالانکہ دن خاصی مصروفیات میں گزرا کرتا اور کرنے کو اور بھی بہت کچھ ہوتا۔ مگر پھر بھی ایک احساس تنہائی سارے وجود پر مسلّط رہتا۔ سمینار وغیرہ ہوتے تو چہل پہل ہوتی۔۔۔ مگر میں نے خود کو کبھی اداس نہیں ہونے دیا۔"

"پھر۔۔۔؟" تبسم صاحب ہمہ تن گوش تھے۔

"بتاتی ہوں بھئی۔۔۔" وہ ہنس دیں۔ شفاف سا نپا تلا قہقہہ۔

"اگر دیکھا جائے تو انسان ہمیشہ اپنا بار اٹھاتا پھرتا ہے۔ بچپن میں انجانے میں اور بڑا ہو کر دانستہ۔۔۔ کوئی بھی ساتھ چل پڑے تو وہ اپنے وجود کو خود ہی اہم سمجھنے لگتا ہے۔۔۔ بڑے بڑے الفاظ میں اسے موہ مایا وغیرہ کہا جا سکتا ہے۔ ورنہ صاف الفاظ میں یہ دوسروں پر انحصار کرنے والی بات ہے، اور کچھ نہیں۔"

"مگر یہ بات دماغ کہاں قبول کرتا ہے میڈم۔" تبسم صاحب افسوسناک سے لہجے میں بولے۔

"آپ کو تو کوشش کرنا چاہیے۔ اور آپ اپنے ذہن کو تیار کر سکتے ہیں اس بات کے

لیے۔ اصل میں ہم جس طرح رہنا چاہتے ہیں یہ ہمارے اپنے ہی ہاتھ میں ہے۔"

"جیسے ؟" رِتو بولی۔

"وہ اس طرح کہ جو ہمیں میّسر ہے۔ ہم اس کے مطابق اپنی ضروریات وضع کر لیں۔ میں نے بھی ان باتوں کی معراج یہاں آکر ہی حاصل کی۔"

"مگر میرے ساتھ الٹا ہوا ہے۔ میں یہاں آکر۔۔۔" تبسم صاحب کچھ کہتے کہتے رُک گئے۔

"میں یہ ہی تو کہہ رہی ہوں۔ میں بھی دن بھر کے کام کے بعد شام میں ایک لمبا چکر لگا آنے کے باوجود وقت کو منھ پھاڑے کھڑا دیکھتی۔ اور رات کے کھانے تک کا وقفہ جب بھی طویل محسوس ہوتا۔ اب چونکہ لکھنے پڑھنے کے کام کا زیادہ حصہ میں رات میں کیا کرتی ہوں۔ اس لیے سمجھ میں نہ آتا تھا کہ شام کیسے گزاروں۔"

"میری سمجھ میں آگیا" رِتو چٹکی بجا کر بولی "کھیل کر یا کوئی میگزین دیکھ کر یا۔۔۔ یا پھر بازار گھوم کر۔۔۔"

"کھیلنے کے لیے بھی ساتھ چاہیے کسی کا۔۔۔ ہے نا۔۔۔ صبح سیر کرلیتی ہوں لمبی سی۔ پھر ذرا سی شام کو بھی۔۔۔ پھر بھی۔۔۔ یہ وقت۔۔۔ اخبار رسالے وغیرہ میں ناشتے کے وقت کے آس پاس دیکھ لیا کرتی ہوں۔" وہ سمجھانے کے انداز میں ہاتھ میز سے ذرا سا اٹھا کر بولیں۔ ان کی سفید کالی مہین مہین لکیروں والی ساری ان کے بالوں سے نہایت پُر وقار سے انداز میں میل کھا رہی تھی۔ اور ان کی مسکراہٹ کا اسرار انھیں عجیب طرح کا تقدس بخش رہا تھا۔

"عبادت کرکے۔" میرے منھ سے اچانک نکلا۔

"سیانی ہے۔" مسز ترویدی نے میرے سر پر ہاتھ پھیرا۔

'عبادت صبح تو کرتی ہو گی۔۔۔" انھوں نے پوچھا" ہر ایک کرتا ہو گا اپنے اپنے طور سے۔۔۔کچھ نہ کچھ۔۔۔ہے نا۔۔۔" انھوں نے باری باری سب کی طرف دیکھا۔

"کچھ دیر ذرا گہرائی سے اس کا تصور کر کے دن شروع کرے انسان تو من پُر سکون، شانت رہتا ہے۔ جیسے ہم نے ہر کام اس کو سونپ دیا ہو۔ وہ جو ہر چیز پر قادر ہے۔۔۔" انھوں نے اوپر کی طرف انگلی سے اشارہ کر کے کہا۔

"ہمارے سوچنے سے کیا ہو سکتا ہے۔ اُداس ہو کر ہم دوسروں سے ذرا ذرا سا پیار اور اہمیت مانگ کر وقت گزارا بھی کریں تو تہی دامن ہی رہتے ہیں۔ خوشی کے لیے ہم دوسروں پر منحصر ہوں۔ اس سے بڑی نادانی کیا ہو سکتی ہے۔ ہم اپنی طرف سے بہتر کر سکیں۔ خود کے لیے۔۔۔ دوسروں کے لیے۔۔۔ چلیے دوسروں کے لیے بہتر نہ بھی کریں۔ مگر کسی کو تکلیف بھی نہ دیں۔۔۔ اور باقی اُس پر چھوڑ دیں۔ اُس کے ہو جائیں تو خوشی اندر سے، ہمارے دلوں سے پھوٹتی ہے۔ ہمیں اس کی تلاش میں مارا مارا نہیں پھرنا پڑتا۔ صبح اُس کا ذکر کرتے ہیں۔ یا کبھی بھی کرتے ہوں۔ ذرا سا شام کو بھی دھیان کر لیں تو چوبیسوں گھنٹے سپھل ہو جاتے ہیں۔ جو وقت اذان کا ہوتا ہے، آرتی کا ہوتا ہے، ارداس کا پاٹھ کا، کچھ بھی کہہ لیجیے۔ جب سورج اپنا فرض نبھا چکتا ہے، رات اپنی حکمرانی پر آیا چاہتی ہے۔ ماحول میں شور بھی کم ہوتا ہے۔ کتنا حسین وقت ہوتا ہے وہ۔ اب اُس کا ذکر آپ اگر شام کو بھی کرتے ہیں تو ذرا اور زیادہ وقت کے لیے کر لیا جائے۔ وقت بچا کر تنہائیوں کے سپرد کیوں کیا جائے۔ اُس سے لو کیوں نہ لگائی جائے جو ہر وقت ہمارے ساتھ ہے۔ پھر آپ وقت گزارنے کے بہانے نہیں ڈھونڈیں گے، وقت ہی آپ کا منتظر ہو گا۔ باہر کی منفی طاقتوں کو اپنے اندر کے سکون پر حملہ کرنے کی اجازت بھی کیوں دیں گے۔ اپنی اندر کی طاقت سے اسے پسپا کر دیجیے۔ ذرا سا باہر سے لوٹ کر اپنے اندر سمٹ آیئے۔ اپنے اور

اس پرم شکتی، اس محبوبِ حقیقی۔۔۔ اُس سچے پریمی کے اور قریب ہو جایئے۔ پھر بس سکون ہی سکون۔۔۔ آپ خوشیاں مانگیں گے نہیں، بانٹیں گے۔ آپ کا اندر روشن رہے گا اور آپ یہ روشنی دوسروں کو دیں گے۔" انھوں نے دونوں ہاتھ میز پر اوندھے رکھ دیے اور مسکراتے ہوئے ہمارے چہروں کا جائزہ لینے لگیں۔

جب ہم لوگ راہداری سے گزر رہے تھے تو رِتو میرے ساتھ چل رہی تھی اور تبسّم صاحب اور مسز ترویدی آگے آگے۔

"جب بھی ان کے ساتھ ہوتی ہوں تو مجھ پر کسی نئی خوشی کا انکشاف ہوتا ہے۔" رِتو بولی تو تبسم صاحب پیچھے مُڑے۔

"اس لیے کہ زندگی پرانی ہو جائے تو جینے کے لیے نئے طریقے چاہئیں۔ مجھے یہ راز پہلے معلوم ہوتا تو سال بھر سے اپنی شامیں بندروں سے گفتگو میں برباد نہ کرتا۔" انھوں نے زوردار قہقہہ لگایا۔ پہاڑیوں سے ٹکرا کر ان کا قہقہہ ہمارے پاس لوٹ آیا تو ہم سب بھی ہنس دیے۔

سمجھے تو گھر میں رہے پرسا پلک لگائے
تیرا صاحب تجھ میں انت کہو مت جائے

کبیر نے کہا ہے۔"

مسز ترویدی نے مڑ کر ہمیں دیکھتے ہوئے کہا:

"بنا پریم دھیرج نہیں برہا بنا بیراگ
ست گرو بنا نہ چھوٹیے من منسا کی آگ

یہ بھی کبیر نے کہا ہے۔"

تبسم صاحب پُرسکون سی مسکراہٹ لیے ہم سب سے بولے۔

اور پھر وہ شامیں۔ سب کی ہی شامیں پُر سکون گزری ہوں گی کہ میں نے پھر کسی شام تبسم صاحب کو نہیں دیکھا۔ یا وہ نظر نہ آئے یا میں شاموں کو باہر نہ نکلی۔ یا ہم دونوں ہی۔

اس فلیٹ سے حنا کی ان گنت یادیں وابستہ ہیں۔ آسمان مٹ میلا سا ہے۔ ہوائیں صاف نہیں ہیں۔ فضا میں دھندلا دھندلا دھواں سا ہے۔ باہر شور ہی شور ہے۔ یہاں حنا کی چیزیں، تصویریں، باتیں، خوشبو، سب ویسے ہی ہے۔ آسمان کو دھوئیں نے چھپالیا ہے مگر بالکنی کے نیچے کی یہ زمین میرے پاس ہے۔ یہاں سے میری آنکھیں دھوئیں کے اُس پار، دور عرش کے قریب پہنچ سکتی ہیں۔ بس ذرا سا میں انھیں موند کر اپنے اندر سمٹ جاؤں میرے اندر کی خاموشی کو باہر کا شور مجھ سے نہیں چھین سکتا۔ یہ سکوت میرے ابدی سکون کا پیامبر ہے، پھر روح پرور سحر تو میری اپنی ہے ہی۔ اور حنا اپنے گھر میں خوش ہے۔

***

یہ تنگ زمین

میں نے جب اپنے خریدے ہوئے خوبصورت کھلونوں کو ڈھیر کی شکل میں لاپرواہی سے ایک کونے میں پڑا ہوا دیکھا تو مجھے دکھ سا ہوا۔ یہ کھلونے کتنے چاؤ سے لائی تھی میں اس کے لیے۔ یہ چھوٹا سا پیانو۔۔۔ یہ جلترنگ۔۔۔ یہ چھوٹی سی گِٹار، چہکنے والی ربر کی بلبل، ٹیں ٹیں بولنے والا طوطا، اور ڈرم بجاتا ہوا ٹیڈی بیئر۔ اور سب سے بڑھ کر یہ Synthesiser جس میں سو قسم کی دھنیں تھیں، جن سے کئی اور دھنیں بن سکتی تھیں۔ جس میں موسیقی کے ہر آلے کی آواز تھی۔

مگر اس نے انھیں چھوا تک نہ تھا۔ وہ تو ایسے کھلونوں کا عاشق تھا۔ کیا وہ خود کو اب میرا نہیں سمجھتا یا اب اسے مجھ سے محبت نہیں رہی۔ وہ جسے میں نے دل کے ایک ٹکڑے کی طرح برسوں سینے میں چھپائے رکھا۔ وہ جس نے میری مجروح ممتا پر اُس وقت اپنی معصومیت کا پھاہا رکھا تھا جب میرے دامن میں کھلنے والا پہلا پھول چند سیکنڈ کے بعد ہی مرجھا گیا تھا۔ جب میرے ہونٹوں پر لوریاں صدا پانے سے پہلے ہی بے سُر ہو گئی تھیں اور روٹھی ہوئی نیند کو میں نصف شب تک رو رو کر، کروٹیں بدل بدل کر منانے کی کوشش کیا کرتی تھی۔ تب ایک سرد رات کے گیارہ بجے میرے شوہر اسے گود میں لیے ہوئے لوٹے۔ اس نے ٹویڈ کا دھاریوں والا ننھا سا پھرن پہن رکھا تھا اور مجھے دیکھتے ہی اس نے اپنی غیر معمولی لمبائی والی منی منی پلکیں پھڑ پھڑا کر کسی روبوٹ کی طرح جلدی سے کہا تھا،

"آنتی مت لویئے۔ میں آگیا۔ اب مت لویئے"۔

کہ اس کے انکل جنھیں وہ اکل جی کہتا تھا اسے راستہ بھر یہ ہی سکھا کر لائے تھے۔ میں مسہری سے اٹھ کر آنسو پونچھتی ہوئی ان کے قریب گئی اور اسے گود میں لے کر سینے میں چھپالیا۔ اُس کے سردی سے ٹھٹھرے چہرے کو میں نے جلتے ہوئے کلیجے سے لگالیا۔ میرے دل سے خون رسنا تھم گیا۔ اُس کے گھنگھریالے بالوں کو میں نے آنسوؤں سے دھودیا۔

"نہیں روؤں میں؟ کیا تم میرے پاس رہوگے۔ اپنی ماما کے پاس نہیں جاؤگے؟ آنٹی کے ہی پاس رہ جاؤگے بولو؟"

"ہاں آنتی پاش رہ جاؤں گا۔ لوج لوج مجھ کو بکی اور چال کیٹ دوگے؟"

اس نے اپنا ادھ چبا چاکلیٹ منھ میں ڈالنے کی کوشش میں اپنے گال پر مل لیا اور خرگوش کی سی تیزی سے سر ادھر اُدھر ہلا کر پوچھا۔ پھر پھرن کی اُس جیب میں ہاتھ ڈال دیا جس میں کچھ اور چاکلیٹ اور بسکٹ تھے۔

میری تڑپتی ہوئی ممتا کو صبر آگیا۔

وہ میری بہن کا بیٹا تھا۔ اور میرے شوہر بظاہر میری تڑپ کو بہلانے اور اصل میں خود اپنے دل کے قرار کی خاطر اُس دن اُسے اُس کے گھر سے لے آئے تھے۔ اس کی قربت پاکر میں بھول گئی کہ میری ممتا کے ساتھ اتنا بڑا ناخوشگوار حادثہ پیش آیا تھا۔ بھولی نہیں بھی تھی مگر بہل ضرور گئی تھی۔ وہ مہینوں میرے پاس رہتا اور کبھی اس کی امی اسے لینے آتی تو باقاعدہ وعدہ کر کے جاتا کہ کب لوٹے گا۔ پھر میرے پاس آنے کے لیے ان کی ناک میں دم کر دیتا اور طے شدہ وقت سے پہلے ہی چلا آتا۔ اس کی ماں بھی اسے کچھ زیادہ نہ روکتی کہ میرا درد وہ جانتی تھی۔

وہ واپس آجاتا تو بہار آجاتی گھر میں۔ اس کی عادتیں بھی دل موہ لینے والی تھیں۔ فطرت کا اس قدر عاشق کہ ہر وقت باہر لان میں کھیلتا۔ کمروں میں تو جیسے اسے اپنا آپ مُقّید محسوس ہوتا۔ میری انگلی پکڑ کر کھینچتا ہوا، ننھے ننھے جوتے پہنے چھوٹے چھوٹے تیز تیز قدم اٹھاتا ہوا باہر لے جاتا۔ کبھی پھولوں پر غور کرتا یا کسی تتلی کا پیچھا کرتا ہوا، کبھی گھاس میں چھپے مینڈکوں کو بھگاتا ہوا گیٹ سے باہر نکل جاتا۔ جہاں چنار کے بہت سے پیڑوں کے پرے جھیل نظر آتی تھی۔ وہاں پہروں ایک جگہ کھڑا جھیل کو دیکھتا رہتا۔ یا چنار کے بڑے سے تنے پر چھوٹا سا ہاتھ دھر کر گول گول گھومتا۔ یا اس کے کھوکھلے تنے میں چھپ کر مجھے تلاش کرنے کو پکارتا۔ میں کتنی بار اندر چلی جاتی کہ پیچھے پیچھے آتا ہوگا مگر مجھے پھر باہر جانا پڑتا اس کی تلاش میں۔ اور اسے اپنی دھن میں مگن ہری ہری گھاس پر لیٹا ہوا نیلے نیلے آسمان کو تاکتا ہوا پاتی۔ وہ صبح سے شام کر دیتا کہ پرندے بولنے لگتے۔ کئی طرح کے پرندے چناروں کی اونچی نیچی شاخوں پر آبیٹھتے اور اپنے اپنے آشیانوں میں شب بھر چھپ جانے سے پہلے کچھ دیر ان ٹہنیوں پر ستاتے چہکتے ایک لطیف سا شور برپا کر دیتے۔ اور وہ اُس میں کھو جاتا۔ مجھ سے ان کے نام پوچھتا اور یاد رکھتا۔ یہ بلبل ہے، یہ پپیہا ہے، یہ کستوری ہے، یہ ابابیل ہے، یہ فاختہ ہے، یہ مینا ہے۔۔۔ اور ہر پرندے کی بولی پہچان لیتا اور ہو بہو نقل اتارتا۔ جب کوئی پرندہ نیچے کی ٹہنیوں سے اڑ کر اوپر گھنی شاخوں میں کہیں گم ہو جاتا تو وہ پہروں گھوم گھوم کر اسے تلاش کرتا۔

کوئی نیل کنٹھ پاس کی جھیل سے اپنی لمبی نیلی چونچ میں کوئی تڑپتی ہوئی روپہلی مچھلی آڑھی دبوچ کر لاتا اور اسے سیدھی نگل جانے کی دھن میں بار بار اگلنے لگتا اور ناکام ہو کر کسی اونچی موٹی سی ٹہنی پر اسے پٹخ پٹخ کر کھاتا تب وہ بھاگ کر اندر سے اپنی ننھی سی دوربین اٹھا لاتا اور باقاعدہ مشاہدہ کرتا۔ مجھے بھی اس کی ذہین بھول پن کو نہارنے کے

علاوہ اور کسی کام میں لطف نہ آتا۔ اس کے ایسے ہی بھول پن اور محویت کا فائدہ اٹھا کر میں اسے کِھلا پلا دیتی ورنہ فطرت کے اس پرستار کو میں باہر سے اندر لانا اگر بھول جاتی تو وہ کہیں باہر ہی سو جاتا، چاند کو سوچتا ہوا۔ تاروں کو دیکھتا ہوا۔ اور صبح جب اسے شبنم جگاتی تو شاید وہ پھر کسی ہُدہُد کو مٹی کی ننھی ننھی ڈھیریوں میں سے چھوٹے چھوٹے کیڑے ڈھونڈتے ہوئے دیکھنے میں کھو جاتا۔

میرے شوہر کہیں شہر سے باہر جاتے تو فون پر اسی کی باتیں کرتے مجھ سے۔ ہماری زندگیوں کا حصّہ بن گیا تھا وہ۔ ذہین بے انتہا تھا وہ، یادداشت غضب کی۔ موسیقی کا دلدادہ ایسا کہ کسی دن دھول میں اٹا سِتار کا غلاف اتار کر میں اسے بجانے لگتی تو دیکھتی کہ وہ بغیر تھکے تقریباً پون گھنٹہ اپنے ہی انداز میں اپنا ایجاد کیا ہوا کوئی رقص کرتا رہتا۔ اس کے ننھے منے ہاتھ پیر نہ تھکتے۔ کبھی ایک ٹانگ آگے کو جا رہی ہے کبھی پیچھے کو۔ کبھی سامنے کے تکیے پر ایک آدھ لات رسید کی جا رہی ہے۔ کبھی ایک ٹانگ سے یا کبھی دونوں ٹانگوں سے کُودا جا رہا ہے۔ دونوں ہاتھ ہوا میں لہرائے جا رہے ہیں۔ سر بائیں کو مڑتا پھر تھوڑی دیر بعد دائیں کو۔ اور اس طرح کی ہر حرکت میں میں دیکھتی کہ ایک رِدھم ہوتا۔ وہ جھوم جھوم جاتا۔ پسینہ پسینہ ہو جاتا۔ میں دیکھ دیکھ کر ہنستی۔ پھر سِتار چھوڑ کر اسے گود میں بھر لیتی۔ وہ حیرت سے دیکھتا کہ آخر ایسا کیوں، پھر اور بجانے کی ضد کرتا۔ میں بہلانے لگتی:

"ذرا آنکھیں بند کرو۔" وہ آنکھیں میچ لیتا۔

"یہ لمبی پلکیں کہاں سے لائے۔"

"باجار سے۔" وہ بھول پن سے جواب دیتا۔

"کتنے میں۔۔۔؟"

"دو لوپے میں۔" وہ آنکھیں پھیلا کر ابرو اٹھا کر دو پر زور دے کر کہتا۔ یہ بھولی بھالی

باتیں مجھے زندگی کا احساس دلائے رکھتیں۔ اس کی آمد سے میرا ذہنی تناؤ دور ہو گیا تھا۔

اللہ نے میری بھی گود بھر دی۔

وہ کچھ بڑا ہوا تو اسکول میں داخل کروا دیا گیا۔ اب وہ صرف Week End پر آتا۔ پھر سال بھر بعد ہمارا ٹرانسفر ہو گیا۔ ہم وہاں سے چلے آئے۔

اس کی جدائی کا غم پتھر کی سِل کی طرح سینے پر رکھا تھا۔ میں نے ہمیشہ اسے پہلوٹھی کے بیٹے کی طرح چاہا اور اس سے الگ ہو کر اس کے لیے ایسے ہی تڑپی جیسے ماں بچّے سے بچھڑ کر تڑپتی ہے۔ اُسی نے تو اپنے بچپن کو پہلے پہل میری گود میں جگہ دی تھی۔ مجھے ممتا اور محبّت سے آشنا کرایا تھا۔

وہ بھی ہم دونوں کو برابر یاد کرتا۔ ہم سے ملنے کو مچلتا۔ فون ہی کچھ تسلی تھا دل کو۔ کافی دیر بات چیت چلتی۔ میں فون پر کہتی کہ ذرا آنکھیں بند کرو۔ وہ فوراً آنکھیں بند کرتا میں پوچھتی کہ یہ پلکیں کہاں سے لائے تو ویسی ہی سنجیدگی سے کہتا کہ باجار سے۔ دو لوپے میں۔ اس کے چھوٹے سے دماغ میں یہ خیال نہ آتا کہ میں تو اس کی بند پلکوں کو دیکھ ہی نہیں سکتی۔ اُس کی امی مجھے بتایا کرتیں۔

پھر ایسے ہی دو تین سال گزر گئے۔ کبھی فون Connect ہوتا کبھی کئی دن گزر جاتے۔ میرے دل سے اس کی محبّت ذرا کم نہ ہوئی۔ اس کی یاد میں میری آنکھیں بھر آتیں، چھلک جاتیں۔ دل اُسے ایک نظر دیکھنے کو تڑپ اٹھتا۔ باہیں اسے سینے سے لگانے کو مچلتیں۔ روح جدائی کے غم سے درد کرتی۔ اور میں دل پر پتھر رکھ لیتی۔ اپنے بچوّں میں صبر ڈھونڈ لیتی۔ کہ صبر کرنا میں نے اسے پا کر ہی سیکھا تھا۔

ایک عرصے سے ہم بھی اور وہ لوگ بھی ملنے کا پروگرام بنانا چاہتے تھے۔ اور ملاقات تھی کہ طے ہی نہ ہو پاتی تھی۔ کچھ یہاں کا موسم کچھ ادھر کے حالات۔۔۔

اب کے سردیاں شروع ہوئیں تو وہ لوگ سچ مچ ہی آ گئے۔ مجھے تو انھیں دیکھ کر بھی ان کی آمد کا یقین ہی نہیں آ رہا تھا۔ اسکا قد تھوڑا سا لمبا ہو گیا تھا۔ تتلاہٹ ختم ہو گئی تھی۔ پہلے سے کچھ کم گو ہو گیا تھا۔ مگر دیکھنے میں ویسا ہی پیارا۔ دل موہ لینے والی صورت۔ کالی کالی بھولی سی آنکھیں۔ لمبی گھنی پلکیں۔ سیب ایسے گال اور سرخ سرخ کان۔ ہاتھ پاؤں وہی گورے، مکھن کے پیڑوں ایسے۔ مجھ سے لپٹا تو میں رونے ہی لگ پڑی اور وہ کتنی ہی دیر ہنستا چلا گیا۔ میں نے ہچکیاں لیتے ہوئے مسکرا کر کہا:

"ذرا آنکھیں بند کرو۔"

اس نے آنکھیں جھکا لیں۔ میں نے پوچھا یہ پلکیں کہاں سے لائے تو شرما کر مسکرا دیا۔ میرے گھر میں بہاریں آ گئی تھیں۔ گھر میں کھانا اسی کی پسند کا بنتا۔ میں اسے طویل Drive پر لے جاتی۔ میرا سارا وقت اس کا ہو گیا تھا۔ مجھے میری گم گشتہ جنت مل گئی تھی۔

ایک دن صبح صبح گولیاں چلنے کی آواز سے میری آنکھ کھل گئی۔ بھاگی بھاگی باہر نکلی تو دیکھتی ہوں کہ وہ بالکنی میں کھڑا منھ سے مختلف قسم کی گولیاں چلنے کی آوازیں نکال رہا تھا۔ ایسی مہارت سے کہ ان کے نقلی ہونے کا شک تک نہ گزرے۔

یہ سارا قصور میرا ہی تھا۔ وہ کتنے دن سے آیا تھا اور میں اس کے لیے ایک بھی کھلونا نہیں لائی تھی۔ اسی دن شام کو میں اس کی پسند کے کھلونے خرید لائی۔ جب وہ سو گیا تو میں نے وہ سارے کھلونے اس کی مسہری پر سجا دیے کہ صبح جاگتے ہی دیکھے گا تو کتنا خوش ہو گا۔ دوسرے دن اتوار تھا۔ میں ذرا دیر سے جاگی۔ دیکھا کہ سارے کھلونے ایک طرف کو ایک ڈھیر کی شکل میں رکھے ہوئے ہیں۔ اور وہ غائب۔ میں نے اس کی ماں سے پوچھا تو بولیں کہ سب بچّے بڑے کمرے میں کھیل رہے ہیں۔

بڑے کمرے کے دروازے پر اس کی مُنّی سی بہن ہونٹوں پر انگلی رکھے پہرا دے

رہی تھی۔

"شی ادھر نہیں جانا۔ فائرنگ ہو رہی ہے۔" وہ مجھے خبر دار کرتے ہوئے سرگوشی میں بولی۔ اندر جھانکا تو عجیب منظر دیکھا۔ سارے گھر کے تکیے اور سرہانے ایک کے اوپر ایک اس طرح رکھے ہوئے تھے جیسے ریت کی تھیلیاں رکھ کر مورچے بنائے جاتے ہیں۔ وہ درمیان میں اوندھا لیٹا ہوا ایک بڑی سی لکڑی کو بندوق کی طرح پکڑے منھ سے مختلف طرح کی گولیوں کی آوازیں نکال رہا ہے۔ اور اس کے دائیں بائیں میرے دونوں بچّے اپنی چھوٹی چھوٹی پلاسٹک کی بندوقیں لیے اس کا ساتھ دے رہے ہیں۔ وہ جیسے حکم کرتا وہ دونوں ویسا ہی کرتے کبھی ایک بھاگ کر ایک کونے میں گھستا، کبھی دوسرا دوسرے کونے میں یہ ہی عمل دہراتا۔ کبھی ایک بک ریک کی آڑ میں ہو کر دوسری طرف کودتا۔ کبھی دوسرا الماری کے پیچھے چھپ کر، جست لگا کر دیوار کے ساتھ چپک جاتا۔ اور وہ خود مورچہ سنبھالے کبھی ان کو ہدایت کرتا کبھی ان پر بندوق تان دیتا۔

اب یہ ہی اس کا پسندیدہ کھیل تھا۔

وہ میٹھی بولیاں، وہ رقص، وہ موسیقی۔۔۔ وہ بھول گیا تھا اور یہ سب یاد دلانے کے لیے میں شاید اسے کہیں نہیں لے جا سکتی تھی۔

＊＊＊

بُلبُل

ڈینم کی بھاری سوتی جین کو کھنگال کر نچوڑنے کے بعد جب میں اسے ہینگر پر پھیلانے کے لیے سیدھی کھڑی ہونے لگی تو سارے بدن سے ٹیس سی اٹھی۔ پوری طرح ایستادہ ہونے میں مجھے دس بارہ سیکنڈ تو ضرور لگے۔ اور جب میں نے جین کو زور سے جھٹک کر جھاڑا تو میرے بائیں ہاتھ کی تیسری انگلی کا وہ لمبا سا ناخن جو جین کی موری کو رگڑتے ہوئے آدھا ٹوٹ گیا تھا، انگلی کے پور کی تھوڑی سی جِلد چھیلتا ہوا پورا الگ ہو گیا۔ خون کے قطرے گرنے لگے اور میں درد سے بلبلا اٹھی۔ مگر اس خیال سے کہ کہیں جین پر خون کا دھبّہ نہ لگ جائے میں نے ایک ہاتھ سے بمشکل تمام اسے ہینگر پر ڈال دیا۔ انگلی پر ٹِشو پیپر لپیٹ کر، میں کھڑکی کی طرف لپکی اور کھڑکی کے دونوں پٹ کھول دیے۔ اندھیروں سے نکل کر آتا ہوا، ہوا کا ایک اداس جھونکا۔۔۔ میرے چہرے سے ٹکرایا۔ جانے اتنی جلدی اندھیرا کیسے ہو گیا۔ ابھی کچھ دیر پہلے ہی تو میں نے کچھ دیر بعد ڈوبنے والے سورج کی ہلکی سی جھلک دیکھی تھی۔ بس اتنی سی دیر میں؟۔۔۔ ایک ہی تو پینٹ دھوئی تھی میں نے۔۔۔ میری انگلی کا درد میرے دل میں اتر آیا۔ ایک تھکی ہوئی نظر میں نے آسمان کی طرف اٹھائی۔ اتنے وسیع آسمان پر زہرا اکیلا چمک رہا تھا۔ زہرا کا عکس میری آنکھوں میں دھندلا سا گیا۔۔۔ اس ذرا سی بات پر۔۔۔ یہ آنسو بھی۔۔۔

کچھ دن پہلے جب انھوں نے بتایا کہ ان کے دفتری کام کے سلسلے میں ہم لوگ تین دن کے لیے شملہ جا رہے ہیں تو مسرّت کی ایک لہر میرے پورے وجود میں دوڑ گئی تھی۔

دراصل میری اپنی چھٹی کے بھی یہ ہی تین دن تھے۔ ان دنوں منّو کی بھی چھٹیاں چل رہی تھیں۔ معلوم نہیں میرا وقت کہاں چلا جاتا ہے۔ لوگ بور کیسے ہوتے ہوں گے۔ مجھے تو بور ہونے کا وقت کبھی میسر نہیں آیا۔ ویسے کچھ کرنا تو ہوتا نہیں مجھے ایسا۔ مگر پھر بھی کبھی کبھی میں ایک ایک لمحے کو اپنے پاس بلا کر رہ جاتی ہوں۔ اسے دل کی گہرائیوں سے یاد کرتی ہوں۔ پچکارتی ہوں۔ تصورات کی باہیں پسارے اس سے وعدہ کرتی ہوں کہ اسے اتنے خوبصورت انداز سے گزاروں گی کہ شاید ہی اسے کسی نے اتنا حسن بخشا ہو۔ اس کی منّت اور خوشامد کرتی ہوں۔ بڑی مشکل سے اتنی ساری عاجزی کے بعد جب وہ ایک لمحہ میرے پاس آنے کو تیار ہوتا ہے تو۔۔۔ اسی وقت کُکر کی سیٹی، ٹیلیفون کی آواز، دروازے کی گھنٹی، بچّوں کی پکار، گوالے کی ڈولچی کی کھڑکھڑاہٹ یا پھر کسی کام کا احساسِ ذمہ داری مجھے آلیتا ہے۔ میرا اتنے جتن سے بلایا ہوا لمحہ مجھ تک پہنچنے سے پہلے ہی کہیں دور ساکت ہو جاتا ہے۔ میں خالی دامن اور خالی باہیں لیے کوئی فرض پورا کرنے کے لیے آگے بڑھ جاتی ہوں۔ اور پھر مجھے دن بھر کرنا ہی کیا ہوتا ہے۔ وہ ٹھیک ہی کہتے ہیں۔ جزوقتی ملازمہ کپڑے دھوتی ہے، صفائی کرتی ہے۔ اب ایسا کون سا کام رہ جاتا ہے۔ ذرا سا بچّوں کو ہی تو دیکھنا ہوتا ہے۔ ان کی بکھری ہوئی چیزیں اپنی جگہ پر رکھنا۔ وہ اودھم بھی تو بہت مچاتے ہیں۔ یا پھر کھانا بنانا، سودا سُلف لے آنا یا دیگر خریداری وغیرہ کرنا۔ چھوٹے موٹے گھریلو کاموں کے لیے بجلی والا یا نل ول ٹھیک کرنے والا بلانا۔ مجھے کہیں جانا تو ہوتا نہیں۔ آرام سے گھر میں کام کرتی، اپنے سامنے سب ٹھیک ٹھاک کرواتی رہوں گی تو میرا وقت گزرتا جائے گا۔ مستعد رہوں گی تو تندرست رہوں گی۔ وہ نوکر کے سخت خلاف ہیں۔ کہتے ہیں بڑے شہروں میں چھوٹا نوکر رکھنا بھی خطرہ مول لینے کے برابر ہے۔ وہ بہت عقلمند ہیں انھیں ہر بات کا تجربہ ہے۔ اب بھلا میں گھریلو عورت یہ سب کیا جانوں۔

مجھے کرنا ہی کیا ہوتا ہے ایسا۔ جھاڑ پونچھ لیا۔ کپڑے سنبھال لیے۔ مُنی کا دودھ، Nappies وغیرہ۔ مُنے کی کتابیں کھلونے وغیرہ دیکھ لیے۔ اس کا ہوم ورک کرا لیا۔ بس اور کیا۔ پتہ نہیں چیزیں بار بار کیوں بکھر جاتی ہیں اور انھیں ٹھیک کرنے میں اتنا وقت کیوں لگتا ہے۔ اور پھر یہ وقت کیسے اتنی جلدی گزر جاتا۔

وہ بہت مصروف رہتے ہیں۔

اور میں سارا دن گھر میں ہی گزارتی ہوں۔ پھر بھی یہ تین دن جو اس گرمی سے دور ایک خوبصورت مقام پر گزریں گے، میرے اپنے ہوں گے۔ اور بچّے نئی جگہ میں محو رہیں گے۔ نہ باورچی خانہ، نہ خریداری۔ صرف خوبصورت پہاڑ، رنگ برنگے پرندے اور میٹھی میٹھی ان کی بولیاں، بڑے بڑے دانتوں والے بندر اور کالے منھ اور لمبی دم والے لنگور۔ ہری ہری گھاس اور خوش رنگ پھولوں پر منڈلاتی نیلی پیلی تتلیاں۔ چاندنی رات اور نا آلودہ آسمان کے بے شمار تارے۔ طلوع اور غروبِ آفتاب کا شفق گوں فلک۔ ٹھنڈی ٹھنڈی ہوائیں اور بھیگی بھیگی رُتیں۔ پل پل آنکھ مچولی کرتی ہوئی دھوپ کی کرنیں۔ اور نہ جانیں کیا کیا۔ یہ سب میں اپنی مرضی سے دیکھوں گی، محسوس کروں گی۔ یہ بہتّر گھنٹے میرے اپنے ہوں گے۔ اوہ۔۔۔ کتنا سکون ملتا ہے اس تصوّر سے ہی مجھے۔ اسے محسوس کروں گی تو کیسا لگے گا۔ میرے من میں گدگدی سی ہونے لگتی ہے۔ زندگی سہل سہل سی معلوم ہونے لگتی ہے۔

میں ہفتہ بھر پہلے ہی سفر کی تیاریوں میں لگ گئی۔ اس جھلستی گرمی سے تین دن دور۔ بہت ہوتے ہیں تین دن۔ یہ تین دن مجھے پوری طرح سے Recreate کریں گے۔

سفر پر جانے کی شام میں نے سب کی پیکنگ کی۔ رات کے دو بج گئے یہ سب کرنے میں۔ صبح ہمیں ہمالین کوئین پکڑنی تھی چھ بجے سے پہلے۔ اس کے لیے ہمیں گھر سے ۵

بجے چلنا ہو گا۔ اور پھر مجھے چار بجے اٹھنا ہو گا۔ یہ بستر میں چائے پینے کے عادی ہیں۔ ان سب کے تیار ہونے سے جو چیزیں بکھریں گی انھیں سمیٹنا ہو گا۔ مسہریاں بھی ٹھیک کرنا ہوں گی۔ ملازمہ تو اس وقت ہو گی نہیں۔ سب صفائی وغیرہ کر کے ہی نکلنا ہو گا۔

باہر سے لوٹ کر انھیں گندا گھر اچھا نہیں لگتا۔

پھر دروازوں کھڑکیوں کی کنڈیاں چٹخنیاں اچھے سے دیکھنا بھالنا، تالے چابیاں نل بجلیاں وغیرہ دیکھنا۔ سب کچھ مقفّل کرنا۔ وہ کہتے ہیں کہ یہ سب کام میں ہی بہتر طریقے سے کر سکتی ہوں اور مجھے ہی کرنا ہے کہ یہ ان کے بس کی بات نہیں۔

دوسری صبح کچھ سوتے کچھ جاگتے ہم روانہ ہوئے اور دوپہر کو کالکا پہنچ گئے۔ وہاں سے شملہ کے لیے ٹیکسی لی۔ منّو کو ان گھومتے بل کھاتے راستوں میں ابکائی ہو جاتی ہے۔ وہ سارا راستہ الٹیاں کرتا رہا۔ میں اس کا سر تھامے رکھتی، منھ پونچھتی، گریبان صاف کرتی رہی۔

وہ اگلی سیٹ پر شاید سو رہے تھے۔۔۔ پہاڑی راستے اتنے دل موہنے والے تھے کہ سب تکان بھول کر میں ان اونچے اونچے پیڑوں کو ڈھلوانوں، گھاٹیوں کو دیکھنے لگی۔ کوئی ساڑھے تین گھنٹے کا سفر تھا۔ بوندیں پڑنے لگی تھیں۔ جہاں جہاں گاڑی بڑھتی ذرا سا راستہ چھوڑ کر وہیں پر بارش پڑنے لگتی۔ بادل ہمارے ہی رُخ پر تیر رہے تھے۔ ہمارے ساتھ ساتھ چل کر مینہ برساتے جاتے۔ دونوں بچّے میرے دو کاندھوں پر سر ٹکائے سو رہے تھے۔ شاید اس ترنم کو لوری سمجھ کر جو بارش کے قطروں کے کھڑکیوں کے شیشوں سے ٹکرانے سے پیدا ہو رہا تھا۔ انھیں میٹھی نیند آ گئی تھی۔ یہ منظر اس قدر دل کش تھا کہ میری بوجھل پلکیں بھی بند نہ ہو پا رہی تھیں۔ زوروں سے برستا ہوا پانی سامنے کے شیشے پر

چھا جاتا اور گاڑی میں لگا وائپر اسے پلک جھپکتے میں پونچھ لیتا اور اتنے ہی عرصے میں اس کی جگہ اور پانی لے لیتا اور پھر اسی طرح پونچھا جاتا۔ دونوں طرف کے شیشوں پر بھی بوندیں ٹکرا ٹکرا کر پھسل رہی تھیں۔ بارش سیدھی، آڑھی، ترچھی جانے کیسے کیسے بہہ رہی تھی۔ ایک طرف پہاڑیاں ایک طرف جنگل اور اگر جنگل کی طرف دیکھیں تو بارش آسمان سے لے کر زمین تک برستی ہوئی پانی کی ہزاروں نہایت طویل دھاروں کی شکل میں رواں نظر آرہی تھی۔ ایسا معلوم ہو رہا تھا جیسے ہم خود اوپر سے نیچے پانی کے بے شمار دھاریں برسا رہے ہوں۔

گاڑی کے اندر ہلکی ہلکی گرمی تھی۔ باہر ہوائیں، سردی اور بارش اور تنہا بل کھاتی سرمئی طویل سڑک۔۔۔ مجھے نیند آرہی تھی۔۔۔ منظر کو نہارنا اچھا لگتا تھا مگر تکان کے باوجود میں نے خود کو سونے سے روکے رکھا تاکہ موڑوں پر مڑتے وقت بچّوں کو کہیں چوٹ ہی نہ لگ جائے۔

یہ جگہ شملہ سے آگے تھی۔ بیچوں بیچ جنگل کے۔ ویسے یہاں سب کچھ جنگل کے درمیان ہی تھا۔ مگر یہاں قدرتی حسن اپنے شباب پر تھا۔ چھوٹی سی پہاڑی کے اوپر یہ خوبصورت سا ہوٹیل۔ پہاڑی کے شروع میں مختصر سا بازار۔۔۔ سب خوبصورت تھا۔

ٹیکسی سے اترتے ہی تازہ ہوا کے معطر جھونکوں نے ہمارا استقبال کیا۔ اس خوشبو میں جنگلی درختوں کی سوندھی سوندھی مہک بھی شامل تھی اور مختلف قسم کے پھولوں کی خوشبوئیں بھی، جو باغیچے میں چاروں طرف اور درمیان میں نہایت سلیقے سے اگائے گئے تھے۔ اس میں ایستادہ بڑے سے اخروٹ کے پیڑ پر ایک پہاڑی مینا اپنی پیلی چونچ وا کیے

چھک رہی تھی۔ نکھرے نیلے آسمان پر بادل کے دودھ ایسے سفید ٹکڑے اِدھر اُدھر ٹنگے ہوئے تھے۔ سرمئی پنکھوں اور پیلے پیٹ والی ایک منّی سی چڑیا یہاں سے وہاں اڑ رہی تھی۔ آسمان پر قوس و قزح ابھر آیا تھا۔ بچّوں نے پہلی بار دھنک کو دیکھا تو بہت خوش ہوئے۔ آس پاس حدِ نظر تک دھلا دھلایا سا منظر۔ نکھرے نہائے سے پیڑ، سجے سجائے شرمائے شرمائے سے پھول۔ ہری ہری گھاس پر اٹھکھیلیاں کرتی ہوئی رنگ برنگی تتلیاں۔ نیلا نیلا آسمان دیکھ کر گنگناتی ہوئی پہاڑی مینا۔۔۔ یہ منظر جانے کہاں لے گیا۔

کمرے میں پہنچ کر میں نے سب کے کپڑے Unpack کر کے الماری میں لٹکا دیے۔ بچّوں کو ہاتھ منھ دھلانے غسل خانے میں لے جانے لگی تو دیکھا کہ بادل اندر گھسے آرہے تھے، کھڑکی کے راستے۔ اس سے پہلے کہ میں اس ہوش ربا منظر میں محو ہو جاتی، میں نے بادلوں سے درخواست کی کہ کچھ اور دیر ایسے ہی ٹھہر جائیں۔ میں بچّوں سے فارغ ہولوں کہ میں یہ سحر آگیں منظر پہلی بار دیکھ رہی ہوں۔

وہ بالکنی میں کھڑے سگریٹ پھونک رہے تھے۔

کھانا کھاتے شام ہو گئی۔ شام سے مجھے عشق رہا ہے۔ چوبیس گھنٹوں میں شام ہی ہے جو مجھے اپنی سی لگتی ہے۔ پھر پہاڑوں کی شام کی بات تو کچھ اور ہی ہے۔ میں بالکنی میں بیٹھ کر بادلوں کو اپنے چہرے پر اپنے ہاتھوں پر محسوس کرنا چاہ رہی تھی کہ میں تین دن کے لیے بادلوں کے پاس اتنی اونچائی پر چلی آئی تھی۔ وہاں بیٹھ کر ذرا سا وہ میگزین دیکھنا چاہ رہی تھی جو میں نے اسٹیشن پر خریدا تھا۔۔۔ مگر

مگر ان کی سگریٹ ختم ہو گئی تھی اور ہوٹل میں وہ برانڈ نہیں تھا۔ انھوں نے مجھے ہی بھیجنا مناسب سمجھا۔ کہنے لگے کہ بچّوں کو بھی ساتھ لے جاؤں بازار۔ راستہ بھی دیکھ لوں

گی اور سیر بھی ہو جائے گی۔ وہ جب تک بالکونی میں بیٹھ کر میگزین دیکھیں گے۔ انھوں نے آہستہ سے میرے ہاتھ سے رسالہ لیتے ہوئے سمجھایا تھا۔

بازار دور سے نظر آرہا تھا۔ ہمارے چلتے وقت آسمان پھر ابر آلود تھا۔ مگر بوندیں اتنی باریک باریک برس رہی تھیں جیسے چھلنی میں سے چھن کر گر رہی ہوں۔ ہم ڈھلان طے کر کے چوڑی سڑک پر پہنچے ہی تھے کہ بارش اچانک تیز ہو گئی۔ اور ہم سب ایک دکان کے چھجے تک پہنچتے پہنچتے بری طرح بھیگ گئے۔ کچھ دیر بعد جب بارش ذرا کم ہوئی تو جلدی سے سگریٹ اور کچھ بسکٹ وغیرہ لے کر میں گڑیا کو گود میں لیے منّو کی انگلی تھامے اوپر چڑھائی چڑھنے لگی۔ سرد ہوا بدن کو چھوتی ہوئی لباس کے آرپار ہو کر گزر رہی تھی۔ مگر میں پسینہ پسینہ ہو رہی تھی۔ سانس بے ترتیب چل رہا تھا۔ منّو بھی بار بار رک رہا تھا۔ اگر وہ ذرا سا ڈھلان تک آجاتے تو گڑیا کو سنبھال لیتے یا منّو کو ہی سہارا دے کر اوپر لے جاتے۔

ہانپتے کانپتے جب ہم اوپر پہنچے تو وہ مسہری پر نیم دراز گرم گرم چائے پی رہے تھے۔ ٹی وی آن تھا۔ کوئی پرانی فلم آرہی تھی۔ فلم کی ہیروئن ایک ننھے سے بچّے کو پیٹھ پر باندھے، کدال سے پتھر ایسی سخت زمین کھود رہی تھی۔ وہ نہایت پر سکون تھے۔ انھوں نے ہم لوگوں کی طرف دیکھے بغیر سگریٹ کے لیے ہاتھ بڑھایا۔

میں نے جلدی سے بچّوں کے بال پونچھ کر ان کے کپڑے تبدیل کیے اور پھر اپنے۔ گڑیا کی کپکپاہٹ بڑھتی جارہی تھی۔ میں نے اسے کمبل اوڑھا کر ان کے برابر لٹا دیا۔ کچھ دیر بعد وہ بولے کہ گڑیا کو بخار آرہا ہے۔ چھوا تو وہ تپ رہی تھی۔ میں نے اسے اور منّو دونوں کو کروسین سرپ کا ایک ایک چمچ پلا دیا۔ اس کے نازک سے ننھے وجود کو سردی ہو گئی تھی۔ اس دن پوری رات وہ بے چین رہی۔ میں بیچ بیچ میں دوائی بھی پلاتی رہی۔ ٹھنڈے پانی کی پٹیاں بھی کرتی رہی۔ صبح کے وقت جب اس کا بخار کم ہوا تو وہ سو گئی۔

یہاں تو یوں بھی مجھے کوئی کام نہیں۔ نیند آئے گی تو دن میں بھی سو سکتی ہوں۔ مگر میں سو کر اس حسین منظر کی توہین نہیں کرنا چاہتی اور نہ ہی آنے والے دن کو نیند کے حوالے کر کے ضائع کروں گی۔ میں اسے محسوس کرنا چاہتی ہوں۔ میں ہر گز نہ سوؤں گی۔

سحر ہونے کو تھی مگر ابھی باہر گھُپ اندھیرا تھا۔ قریب ہی کسی پیڑ پر کوئی پرندہ گا رہا تھا۔ اتنی صبح۔یعنی صبح سے بھی پہلے۔ یہ کون سا پرندہ گا سکتا ہے۔ اتنا میٹھا نغمہ۔ ایک مسلسل گیت۔ سُر اور لَے سے بھرپور۔ میں اٹھ کر کھڑکی تک آگئی۔ میں نے اندھیرے میں غور سے دیکھا۔ سیاہی مائل نیلے پروں اور پیلی چونچ والی پہاڑی مینا گھاس پر ادھر ادھر کبھی چل کر کبھی پھدک کر چہل قدمی کر رہی تھی اور کبھی رک کر سر اوپر اٹھائے اس سُریلے نغمے کا الاپ کر رہی تھی جو اس گہرے سکوت کو توڑ کر روح کی گہرائیوں میں گھلا جا رہا تھا۔ یہ منظر اتنا ہوش ربا تھا کہ میرے پاؤں کھڑکی کے پاس جیسے کہ منجمد ہو گئے۔ صبحِ کاذب کے نئے نئے متوقع اسرار سے محظوظ ہونے کے لیے میں وہیں کھڑی رہی۔ ذرا سی دیر میں پو پھٹنا چاہتی تھی۔ مینا اصل میں اتنی صبح باغیچے میں ایک ضروری کام کے سلسلے میں اتری تھی ورنہ وہ ڈال پر بھی تو گا سکتی تھی۔ وہ ان ننھی منی بیر بہوٹیوں کے لیے پیغام اجل لیکر نمودار ہوئی تھی جو گھاس کے ایک مُنے سے تنکے کی اوٹ میں کچھ گھنٹوں کی زندگی گزارا کرتی ہیں۔ چھوٹے چھوٹے کیڑے مکوڑے وہ شوق سے کھایا کرتی ہے۔ پھر وں گھاس پر ادھر اُدھر گھوم کر انھیں تلاش کرتی تھک جاتی تو اڑان بھر کر پاس کے پیڑ پر بیٹھ کر نغمہ چھیڑ دیتی۔ جیسے کوئی مختلف سروں میں سیٹیاں بجا رہا ہو اور ساتھ ہی چہک بھی رہا ہو۔ کچھ سیٹیاں ایک چہک، پھر سیٹیاں پھر چہک۔۔۔

روشنی پھیلنے لگی تھی۔ پرندے جاگ گئے تھے۔ کسی شاخ پر بھورے سرمئی پروں اور پھرتیلے جسم والی کستوری لہک لہک کر گا رہی تھی۔ پی۔ پی۔ پی پیو پیو۔ کئی طرح کی

مختلف بولیاں بول رہے تھے پرندے۔ کئی طرح کی بلبلیں گا رہی تھیں۔

کچھ ہی دیر میں دھند نے سارے منظر کو اپنی لپیٹ میں لے لیا۔ دراصل یہ دھند نہیں تھی، یہ بادل تھے جو ہمیں میدانی علاقوں میں بہت اوپر پھیلے ہوئے نظر آتے ہیں ورنہ اگر یہ صرف دھند ہوتی تو صرف دھند ہی ہوتی۔ ساتھ میں بارش بھی ہونے لگی تھی۔ پرندے خاموش سے ہو گئے تھے۔ مگر وہ پہاڑی مینا اب بھی گھاس پر بھیگ بھیگ کر گھوم گھوم کر نغمے گا رہی تھی۔ نہ وہ بھیگنے سے گھبراتی نہ سردی سے۔ جی چاہ رہا تھا کہ نیچے باغیچے میں اتر کر میں بھی ذرا سا ٹہل کر تھوڑا سا بھیگوں اور اس دھلی دھلائی نکھری نہائی صبح کو اپنی روح میں اتار لوں مگر مسلسل کئی گھنٹوں کی تکان اور شب بیداری نے میرے پاؤں مَن مَن بھر کے کر دیے۔ آنکھیں خود بخود بند ہونے لگیں، میں واپس مسہری پر آ گئی۔

چھت کے اوپر زوروں کی کھڑ کھڑاہٹ سے میری آنکھ کھل گئی۔ کھڑکی سے جھانکا تو دھوپ چمک رہی تھی اور ٹین کی چھت پر اچھلتے کودتے بندروں کا سایہ باغیچے کی گھاس پر صاف دکھائی دے رہا تھا۔ وہ کمرے میں نہیں تھے۔ شاید منو بھی ان کے ساتھ گیا تھا۔

گڑیا چپ چاپ سو رہی تھی۔ ننھی سی جان کو بخار نے کمھلا کر رکھ دیا تھا۔ اس کا پھول سا چہرہ مرجھا گیا تھا۔ وہ پیلی پڑ گئی تھی، ہونٹ سوکھے ہوئے تھے۔ اگر ٹھیک ہوتی تو اپنے قد کے برابر ہر چیز کا وہ بھرپور جائزہ لے چکی ہوتی کہ ابھی ابھی کھڑا ہونا سیکھا تھا اس نے۔ ایش ٹرے جو اس کے قد کے برابر اونچی میز پر سلیقے سے ایک طرف کو سج رہی تھی، فرش پر اوندھی پڑی ہوتی اور سگریٹ کے بچے ہوئے ٹکڑے کچھ زمین پر ہوتے کچھ اس کے منھ میں۔ جگ الٹا ہوا ہوتا اور گلاس گرا ہوا۔ دو منٹ میں اس کے سارے کپڑے بھیگے ہوئے ہوتے اور مجھے دیکھ کر ہنس ہنس کر کبھی مسہری کے نیچے گھُسنے کی کوشش کرتی کبھی میز کے نیچے۔ اور میں وہاں سے اس کے گول مٹول مکھن ایسے پیروں کو کھینچ کر اسے

باہر نکالتی۔ اس کا دہانہ صاف کرتی، منھ سے سگریٹ کے بچے ہوئے ٹکڑے نکال کر اسے خوب خوب پیار کرتی۔۔۔

مگر اس بخار نے اسے نڈھال کر دیا تھا۔

میں نے پانی پلانے کے خیال سے اس کے چہرے کو چھوا۔ وہ اب بھی ہلکا سا گرم تھا۔ میں نے ماتھے پر ہاتھ پھیرا۔ پسینے کی وجہ سے نرم نرم بال ماتھے سے چپک گئے تھے۔ اس نے نحیف سی آواز میں مجھے پکارا۔ میں نے دو تین چمچ پانی پلایا۔ اس نے مشکل سے پیا۔ اس وقت بھی اسے بھوک نہیں تھی۔ کل رات بھی اس نے کچھ نہ کھایا تھا۔ اور اب وہ بہت نحیف لگ رہی تھی۔ اس وقت وہ کچھ دیر کے لیے آجاتے تو میں بازار جا کر کچھ دلیا وغیرہ لے آتی۔ دوا سے کچھ دیر کے لیے جب اس کا بخار اترتا تو میں اسے دلیا کھلا دیتی۔ دوپہر ہو گئی، وہ نہیں لوٹے۔ نیچے وہ کہہ گئے تھے کہ میرا کھانا کمرے میں بھجوا دیا جائے۔

سارا دن بخار میں تپتی ہوئی گڑیا کو سینے سے لپٹائے میں خود بھی تڑپتی رہی۔ وہ بھوکی تھی تو مجھ سے کہاں کھایا جاتا کچھ۔ میں نے ویٹر سے دودھ اوپر کمرے میں منگوایا تھا، اس نے نظر اٹھا کر دیکھا تک نہیں۔

صبح موسم خوشگوار تھا پھر معلوم نہیں کب بادل چھائے مطلع ابر آلود ہو گیا۔ ہوا کے جھونکے نے کھڑکی کا پٹ کھٹ سے کھول دیا تو میں نے گردن موڑ کر دیکھنا چاہا مگر اس وقت گڑیا نیند یا غنودگی یا بخار میں مجھے پکار کر چیخی۔ میں نے ہلا کر جگا دیا۔ پانی کے دو چمچ پلائے، کچھ بات کرنا چاہی۔ وہ نیم وا سی آنکھوں سے میری طرف دیکھتی رہی۔ میں مسکرائی تو وہ بھی دھیرے سے مسکرائی۔ میں اس کا مکھڑا دیکھ رہی تھی۔ حرارت کچھ کم تھی۔ میرا دل پر سکون ہونے لگا۔ اب شاید وہ دودھ پی لے گی۔ کچھ تازہ سی خوشبوئیں

محسوس ہوئیں تو میں نے نظر اٹھا کر دیکھا کہ ہوائیں کمرے کے اندر چلی آرہی تھیں۔ میں نے پہلی بار ہواؤں کو دیکھا تھا۔ پہلی بار ہوا کی خوشبو سونگھی تھی۔ مجھے اپنی قوتِ شامہ اور باصرہ پر یقین نہیں ہو رہا تھا۔ کیا ہوا کو دیکھا جا سکتا ہے؟ ہاں ہوا کو دیکھا جا سکتا ہے۔ جب وہ بادلوں کے بے شمار خوردبینی ذرّات پر سوار ہو کر آئے۔ اور ہوا کو سونگھا بھی جا سکتا ہے۔۔۔ جب وہ جنگل کے عظیم درختوں کے نوکیلے پتوں کی سوندھی سوندھی مہک اور رنگ برنگے پھولوں اور ہری ہری گھاس کی نمی اور خوشبو اپنے ساتھ لے کر چپکے سے کھڑکی سے داخل ہو۔

کچھ دیر میں اس ّجنت میں گم ہو گئی جو بغیر بتائے کمرے میں آکر مجھے سرشار کر گئی۔

میں نے دو تکیوں کی مدد سے گڑیا کو بٹھا کر چاروں طرف سے کمبل اوڑھا دیا۔ باہر زوروں کی بارش ہو رہی تھی۔ ایک پہاڑی مینا اڑتی آئی اور کھڑکی پر بیٹھ کر گانے لگی۔ اسے تو بہانہ چاہیے گانے کا۔ بادل چھائیں تو گائے گی۔ بادل نہ چھائیں تو گائے گی۔ بارش برسے تو گائے گی بارش تھم جائے تو گائے گی۔ سورج چڑھے تو گائے گی اور ڈوبے تو بھی۔ بلکہ سورج چڑھنے سے گھنٹوں پہلے منھ اندھیرے گانے لگے گی اور اسی طرح سورج غروب ہونے کے گھنٹوں بعد تک جب تک گھپ اندھیرا نہ ہو جائے اور کچھ بھی نظر نہ آسکے، اُس وقت تک گاتی جائے گی۔ ایسا بھی دیکھا ہے کہ بجلی کڑکتی ہے اور یہ چہکتی ہے اور بادلوں کی زوردار کھردری دہاڑ میں بھی اس کا نہایت سریلا نغمہ کانوں میں رس گھولتا، گرج کو چیرتا ہوا سنائی دیتا ہے۔ میں نے ایسا خوش مزاج پرندہ کبھی نہیں دیکھا تھا۔ گاتی ہوئی پہاڑی مینا کا نغمہ یا اس کی پیلی چونچ یا پھر سیاہی مائل نیلے پروں کی کشش تھی کہ گڑیا اس کا محویت سے مشاہدہ کرنے لگی۔ میں نے اس کی اسی محویت کا فائدہ اٹھا کر اسے چار چھ چمچ دودھ پلا دیا۔ اور خود چائے کے چھوٹے چھوٹے گھونٹ بھرتے ہوئے مینا کو دیکھنے لگی۔ میرا جی چاہ رہا تھا

کہ کھڑکی سے باہر دیکھتے ہوئے چائے پیوں۔ مگر مینا کے اڑ جانے کے ڈر سے میں وہیں گڑیا کے پاس مسہری پر بیٹھ گئی۔ مینھ زوروں کا تھا۔ ساتھ ہی موٹے موٹے اولے بھی پڑ رہے تھے۔ مینا کہیں اڑ گئی تھی۔ میں نے کھڑکی کے قریب جا کر بارش کے قطروں کو ہاتھ میں لینے کے لیے ہاتھ پھیلا دیا بڑی مشکل سے ایک اولا میری ہتھیلی پر رُکا۔ عجیب سی خوشی کا احساس ہو رہا تھا۔ جیسے کہ میں ہوا کے دوش پر تیر رہی ہوں یا اپنے لڑکپن میں کہیں لوٹ آئی ہوں۔۔۔ نہیں لوٹ آیا چاہتی ہوں کہ دروازے کی دستک نے مجھے احساس دلایا کہ مجھے تیرنا نہیں آتا۔ وہ دونوں باپ بیٹے اندر داخل ہوئے۔

"بہت مزا آیا ماما۔ آپ کیوں نہیں آئیں ہمارے ساتھ گھومنے۔" منو مجھ سے لپٹتے ہوئے بولا۔

"گڑیا ٹھیک ہو گئی؟" وہ بولے۔

"کچھ بہتر تو ہے۔" میں نے جواب دیا۔

"بہت تھک گئے ہم۔ ذرا روم سروس میں چائے کے لیے فون کر دیجیے۔" وہ بستر پر دراز ہوتے ہوئے بولے۔ وہ واقعی تھک گئے تھے کہ اس طرح جوتوں سمیت بستر پر لیٹنے کا مطلب تھا کہ میں ہی ان کے جوتوں کے تسمے کھولوں، موزے اتاروں۔

جوتوں موزوں سے فارغ ہو کر میں نے منّے کو نہلا دیا۔

رات کا کھانا ہم سب نے نیچے ڈائننگ ہال میں کھایا۔ باہر آئے تو میں نے پہلی بار آسمان کی طرف دیکھا تھا۔ آسمان پر بے شمار تارے تھے کہ شہر کے آلودہ آسمان پر تو بہت تھوڑے تارے ہوا کرتے ہیں جو بہت چھوٹے دکھائی دینے والے تارے ہوتے ہیں، وہ مَٹ مَیلے دھوئیں کے غلاف کے اس پار دِکھائی ہی نہیں دیتے۔ جو نظر آتے ہیں وہ بھی

میلے میلے سے اور یہاں کتنا چمکدار آسمان۔۔۔اور ایک دوسرا آسمان وہ جو زمین پر بھی نظر آرہا تھا۔ رات کو پہاڑیوں کے اونچے نیچے مقامات پر بنے مکانات کی بجلیاں دور ہوا سے ہلکورے کھانے والے ان گنت پتوں کے پیچھے سے یوں آنکھ مچولی کر رہی تھیں جیسے رنگ برنگے ستارے ٹمٹمارہے ہوں۔ بہت ہی لبھاؤنا منظر تھا۔ یہ نظارہ اگر شام کی سرمئی روشنی میں دیکھا جائے تو کتنا زیادہ حسن سمیٹ لے گا اپنے اندر۔ اس وقت تو نیلا آسمان بھی گہرا نیلا دکھائی دیتا ہوگا۔ اور پر شکوہ درختوں کے اسرار بھی واضح ہوں گے۔ تب یہ روشنیاں دور سے ایسی لگتی ہوں گی جیسے درختوں کی شاخوں پر اَن گنت جگنوؤں کے جھرمٹوں نے ڈیرے ڈالے ہوں۔

یا اس اندھیرے میں اونچے لمبے ٹیلوں والی پہاڑیوں پر یہاں وہاں جیسے بے شمار دیے جھلملا رہے ہوں۔ دو دن تو جانے کیسے گزر گئے۔ کل شام میں یہ منظر ہر گز زائل نہ ہونے دوں گی۔ سورج کو غروب ہوتا ہوا دیکھوں گی۔ ان تمام پرندوں کو پاس کے سبھی درختوں پر غور کر کے تلاش کروں گی جو یہ دل چرانے والی چہکار جگا کر ہمیں سکون کی وادیوں کی سیر کراتے ہیں۔ اپنے روح پرور نغمے سنا کر مدہوش کر دیتے ہیں کہ ہمیں اپنا آپ ہلکا پھلکا محسوس ہوتا ہے۔ سارے غم، سارے کام، ساری ذمہ داریوں کے احساس پر سکون کا احساس حاوی رہتا ہے کہ سکون کی اب میرے نزدیک وہ اہمیت ہے کہ معصوم زندگیوں کی بے شمار ضرورتوں کی فکر نہ ہوتی۔۔۔ تو جان کے بدلے خرید لیتی۔ اور یہ خوش رنگ و خوش گلو پرندے، بے دام میری جھولی میں یہ دولت ڈال دیتے ہیں کہ زندگی کوئی اچھی چیز معلوم ہونے لگتی ہے۔

یوں بھی نہیں کہ زندگی مجھے ہمیشہ جھیلنی پڑتی تھی، بلکہ میں نے تو زندگی سے خوب خوب محبت کی تھی۔ زندگی میرے لیے ہنسی کے نہ رکنے والے فوارے، ماں باپ کی ناز

برداریاں، ننھے منّے بھتیجوں کے ساتھ عشق، بھائیوں کا لاڈ اور بھابیوں کے ساتھ سیر سپاٹے، شاپنگ اور فلموں کے علاوہ پینسل اسکیچنگ کرنا اور۔۔۔ پڑھائی کرنا تو خیر تھا ہی۔

اب تو اخبار تک کی شکل دیکھے ہفتوں گزر جاتے ہیں۔

وہ بھی ٹھیک ہی کہتے ہیں۔

مجھے کرنا ہی کیا ہے۔ کوئی سوشل لائف تو میری ہے نہیں۔ نہ دوست نہ سہیلی۔ جو احباب وغیرہ ہیں تو ان ہی کی طرف سے ہیں۔ ان سے اگر کبھی ہمارے ہاں ملاقات ہوتی ہے تو مجھے فرصت ہی نہیں ہوتی پاس ٹھہرنے کی۔ اور ان میں سے کسی کے ہاں وہ صرف خود ہی جا پاتے ہیں۔ انھیں اس بات سے بڑی کوفت ہوتی ہے کہ وہ دوستوں سے بات کر رہے ہوں اور بیچ میں بچّے کے رونے کی آواز آجائے یا بچہ زور سے ہنس پڑے۔ اس لیے میں بچّوں کو اپنے پاس ہی رکھتی ہوں۔ باہری دروازے کی چابی ساتھ نہیں لے جاتے وہ، انھیں اچھا نہیں لگتا کہ وہ خود سے دروازہ کھول کے اندر داخل ہوں اور میں سوئی ہوں ملوں۔ میں بیٹھے بیٹھے اونگھ بھی جاؤں تو لیٹتی نہیں تا کہ وہ گھر لوٹیں تو دروازہ کھولوں۔ اب دوست کے گھر جائیں گے یا ان کے ساتھ کہیں جائیں گے تو یہ آدھی وادھی رات تو ہو ہی جاتی ہے۔ تھک بھی جاتے ہیں۔ ان کو کپڑوں کی الماری کے دروازے پر لگے ہینڈل پر ہینگر میں ٹنگا شب خوابی کا لباس پکڑانا ہوتا ہے۔ موزے اور قمیض وغیرہ کپڑے دھونے کی مشین میں ڈالنا۔ اور کچھ کپڑے اسی ہینگر پر ڈال کر الماری میں رکھ دینا۔ جوتے جو یہ ریک کے ٹھیک پاس اتارتے ہیں انھیں اٹھا کر قرینے سے ریک کے اندر رکھنا۔ گھر میں چار لوگ ہیں۔ اور پھر مجھے ایسا کرنا ہی کیا ہوتا ہے۔

بہر حال کل کا دن میرے پاس ہے۔ کل رات کی گاڑی سے جانا ہے۔ معلوم نہیں وہ اور منو کل کہاں گھومنے گئے تھے۔ آس پاس دیکھنے لائق مقام تو ہوں گے۔ دن میں کچھ نہ

کچھ تو دیکھ ہی سکتی ہوں۔ ناشتے سے فارغ ہوتے ہی میں فوراً پیکنگ کر لوں گی۔ مگر کیا معلوم وہ کتنے مصروف ہوں۔ انھیں کہیں جانا ہو۔ میں کبھی کوئی پروگرام بنا نہیں پاتی۔

ناشتے کے بعد جب میں پیکنگ کرنے لگی تو انھوں نے مشورہ دیا کہ یہ جو پلاسٹک کی تھیلی میں میں نے بچّوں کے میلے کپڑے ساتھ اٹھا لیے ہیں، انھیں یہاں ہی دھولوں۔ کہاں میلے کپڑوں کو اٹھاتی پھروں گی۔ ٹھیک ہی کہتے تھے۔ اب میں ان کو یہ کہہ کر پریشان تو نہ کرتی کہ یہ سوکھیں گے نہیں شام تک، اور جب بھی تھیلی میں الگ سے ڈالنے پڑیں گے۔

خیر میں نے پیکنگ کا کام ادھورا چھوڑ دیا اور کپڑے دھونے لگ پڑی۔ دھوتے دھوتے جانے کب دوپہر ہو گئی۔ کھانا کھانے کے بعد وہ کسی طرف نکل گئے اور میں پیکنگ میں لگ گئی۔ اٹیچی بڑی مشکل سے بند ہوئی۔ اصل میں اس میں ان کے ملنے والوں کے لیے کچھ چھوٹے موٹے تحائف وغیرہ تھے۔ یہ ایک اضافہ تھا۔ اور بیگ میں بھی بھیگے کپڑوں نے ایک بڑی جگہ گھیر رکھی تھی۔ بچّوں کو میں نے سفر کے لیے چاق وچوبند بنا دیا۔ خود بھی تیار ہو گئی۔ وہ تو تیار ہی تھے۔ سب سامان پیک ہو چکا تھا بلکہ اپنی اپنی جگہ پر ٹھنس چکا تھا۔ پانچ بجنے والے تھے۔ شکر ہے سب کاموں سے نبٹ تو لی۔ اِدھر ادھر نہ سہی، آرام سے بالکنی پر وہ رسالہ دیکھوں گی جو تین دن پہلے میں نے خریدا تھا۔ اس کے بعد غروبِ آفتاب کا نظارہ پھر پرندے۔۔۔

اس خیال سے میں نے گڑیا کو انگلی پکڑائی اور اُسے دھیرے دھیرے چلاتی ہوئی بالکنی میں پہنچی ہی تھی کہ نیچے سڑک پر وہ آتے ہوئے دکھائی دیئے۔ میں واپس کمرے میں لوٹ آئی۔ وہ آتے ہی کہنے لگے کہ ان کی جینز کافی میلی لگ رہی ہے۔ اور یہ کہ انھیں جینز میں ہی سفر کرنا اچھا لگتا ہے۔ اس لیے میں ذرا سا اسے دھولوں۔ جینز دیکھنے میں میلی تو

نہیں لگ رہی تھی، بس موریوں پر ذرا سی دھول مٹی تھی جو برش سے بہ آسانی صاف ہو سکتی تھی مگر وہ بہت صفائی پسند ہیں! کہہ رہے تھے کہ مجھے بھی گاڑی کا وقت ہونے تک کچھ کرنا تو ہے نہیں ذرا سا اسے دھولوں گی اور پھر ذرا سا استری سے سکھا بھی دوں گی۔ اتنا وقت ہے میرے پاس۔ میں نے پریس ساتھ رکھی تھی۔ وہ ایک آدھ شکن والا لباس بھی نہیں پہن سکتے۔

میں نے نہایت مشکل سے پیک کی ہوئی اٹیچی کھول کر انھیں دوسری پتلون نکال دی اور جینز دھونے غسل خانے میں گھس گئی۔ ڈینم کے موٹے سوتی کپڑے کی جینز پانی میں اور بھی بھاری ہو گئی اور میں حتی الامکان اس وزنی پینٹ کو الٹ پلٹ کر دھوتی گئی۔ ہاتھوں میں لے کر رگڑتی گئی۔ کپڑے دھونے کا برش تو میرے پاس تھا نہیں، اس طرح اور زیادہ صاف کرنے کی کوشش میں میری انگلی کا ایک لمبا ناخن آدھا ٹوٹ گیا۔ جانے کتنا وقت لگا ہوگا مگر میں نے اسے آخرکار دھو لیا۔ اور اب اسے پھیلانے سے پہلے جھٹکتے ہوئے میرا پورا ناخن ہی اکھڑ گیا۔

خون کی دھار بہہ نکلی۔ درد کی لہر سی اٹھی۔ میں نے انگلی پر ٹیشو پیپر لپیٹ دیا۔ اور وقت ضائع کیے بغیر غسل خانے کی کھڑکی کھول دی۔

اندھیروں کو چیر کر آتا ہوا سرد ہوا کا ایک افسردہ جھونکا میرے چہرے سے ٹکرایا۔ نہ معلوم کب اندھیرا ہو چکا تھا۔ سارے طیور آشیانوں میں جا چھپے تھے۔ نیلے پنکھوں اور پیلی چونچ والی مینا بھی غائب تھی۔ انگلی کی ٹیس دل میں سے ہوتی ہوئی روح میں سما سی گئی۔ تھکی ہوئی نظر میں نے آسمان کی طرف اٹھائی۔

ستارۂ زہرا وسیع العرض آسمان پر اکیلا لٹک رہا تھا۔ دور پہاڑیوں پر ٹنگی روشنیاں بھی برائے نام دکھائی دے رہی تھیں۔ ہر طرف دھند ہی دھند تھی۔

تھکی ہاری سی میں کمرے کی طرف پلٹی، تو کمرے کا منظر بھی مجھے دھندلایا سا لگا۔ یہ میری آنکھوں کو کیا ہو گیا ہے۔

جینز کا اضافی پانی نچڑ چکا ہو گا۔ مجھے اسے استری سے سکھانا بھی ہے وہ بہت نازک مزاج ہیں۔ ذرا سی بھی Uncomfortable چیز انھیں پریشان کر دیتی ہے۔

***

حضرات و خاتون

انہوں نے داہنی اور بائیں جانب نظر ڈالی۔ پھر سامنے کھڑکی کے باہر کی طرف دیکھا۔ ملحقہ غسل خانے سے بہتے نل کے شور میں سے سلمان صاحب کے ناک سڑکنے کی آواز ابھری تو انہوں نے اطمینان کا سانس لیا اور مسہری سے اٹھ کر پیروں کے انگوٹھوں کو نرم سے سلپروں کے اوپر لگے کسی مخمل نما سیاہ رنگ کپڑے کی قوس میں پرو یا اور اندر کی جانب چل دیں۔ اس سے پہلے وہ بیدار ہوتے ہی بر آمدے میں نکل کر آسمان کی جانب ایک نظر دیکھا کرتیں تھیں اور پھر سیاہی مائل سبز روشنی میں نیم عیاں سی ہریالی کے اندر جھانکتے چھپتے طیور کو دیکھنے اور سننے کی کوشش کیا کرتیں۔ مگر آج وہ دونوں بیٹوں کے کمروں کے دروازوں کے دستوں کو باری باری چھو کر لوٹ آئیں۔ دستے برف ہو رہے تھے۔ یعنی ائر کنڈیشن کی ٹھنڈک میں وہ دونوں اطمینان سے سوتے رہے ہیں اور خواب جھوٹا تھا۔ کہیں کوئی میڈیا والا کیمرے کے توپ خانے، شانے پر دھرے ان کے شوہر کی گاڑی کے درپے نہیں تھا۔ نہ ہی ان کے بیٹوں کے دوست آنکھوں میں شرارت بھرے سوالات لئے گھر کے پھاٹک کے باہر اپنی موٹر سائیکلوں اور گاڑیوں میں منتظر کھڑے تھے۔ عاصمہ بیگم نے مطمئن ہو کر شب خوابی کی آدھی آستین والی ریشمی عبا میں چھپے شانے سے اپنا رخسار سہلایا۔ انہیں بے سبب ہی ایسا محسوس ہوا تھا جیسے وہاں پسینے کا قطرہ ہو۔

باورچی خانے سے لگے احاطے میں رکھی کھانے کی میز والی ایک کرسی کھسکا کر وہ اس پر ٹک گئیں اور اپنے لئے چائے بنانے لگیں کہ پیالہ لے کر وہ برآمدے کی طرف جانے والی تھیں۔ ذہن کے کسی گوشے میں یہ خیال تھا کہ سلمان باہر آئیں تو وہ چائے کی کشتی باہر منگوالیں۔ مگر دماغ کا باقی حصہ سوچوں میں غرق تھا۔ ان کے پاس وقت بہت کم تھا۔

" مین ساب (میم صاحب)۔۔۔"کرسی کھنچے جانے کی آواز سے سندری باورچی خانے کے اندر سے نکل آئی۔

" تاجی گڑ مل گئی مین ساب۔۔" اس نے چھوٹی سی سفید بے داغ کشتی میں رکھی شفّاف کانچ کی کٹوری میں گڑ کی ڈلی کو چُور کر رکھا تھا اور چمچماتی ہوئی کسی دھات کے منقش چمچ میں بھر کر اس نے یہ چُورا عاصمہ بیگم کی پیالی میں انڈیل دیا۔

" ابھی چھوڑ دو یہ نقلی چینی کھانا مین ساب۔۔ ساب بولے تھے نا۔ ہڈی کا بیماری ہوتا ہے اس سے۔" اس نے شکر دان اٹھا کر دوسری جانب رکھ دیا۔ وہ عاصمہ بیگم کی آنکھوں میں دیکھنے لگی۔

" ہاں ٹھیک ہے۔۔ سنو تم۔۔ میں نے سوچ لیا ہے۔۔ وقت بہت کم ہے۔۔" وہ کرسی سے اٹھ کھڑی ہوئیں تو سندری جو جھک کر اُن کے پیالے میں چمچہ چلارہی تھی، پیالہ ہاتھ میں لئے سیدھی ہو کر ان کی طرف دیکھنے لگی۔ عاصمہ بیگم باہر برآمدے کی طرف چلیں اور سندری ان کے پیچھے پیچھے۔

"وہ جو اس طرف کا راستہ ہے نا۔۔۔ وہ ادھر سے۔۔" عاصمہ بیگم نے باہر کی طرف راستے کے رخ پر بانہہ پھیلائی۔

"تم ادھر۔۔ او۔۔۔ دھر دوسری اور مڑ جانا۔۔ بالا جی ٹینٹ ہاؤس کے۔۔ سامنے۔۔ وہی جس کے بورڈ پر سہرا باندھے دولہے کی تصویر بنی ہے نا اور لکھا ہے کہ۔۔ او

فو۔۔تم پڑھ بھی تو نہیں سکتیں نا۔۔۔ اچھا تو اس کے سامنے جہاں پولیو کے ٹیکے کا اشتہار۔۔۔ بھئی جہاں ایک چھوٹے سے بچے کے منہ میں دوائی کا قطرہ ٹپکا۔۔۔"

"جانتی ہے مے پونیو۔۔مین ساب۔۔میرے کو بچپن مے ہوئی تھی ناتو۔۔"سندری نے پرچ پیالی پتھریلی سفید میز پر رکھ دی۔ عاصمہ بیگم اپنے دادا بزرگوار کے زمانے سے گھر میں پی جانے والی 'ارل گرے' چائے کی سحر انگیز سی خوشبو کو بمشکل تمام نظر انداز کر کے جلدی سے بولیں۔

"اچھا؟۔۔اچھا اچھا۔ تو پہلے میری بات سن۔۔ اسکے پاس ایک ریڈ کراس۔۔۔میرا مطلب ہے سرخ رنگ کا ایسا نشان بنا ہوا ہے۔" انہوں نے بائیں ہاتھ کی پہلی انگلی پر شہادت کی انگلی آڑی رکھ کر سندری کی آنکھوں کو دیکھا۔

"ایسا۔۔کچھ سمجھی بھی کہ میں یوں ہی۔۔وہاں پر نچلی منزل میں ہی۔۔۔"

"ہاجی مین ساب مے سب سمج گیا۔۔"

"خاک سمجھ گیا۔۔ بیس بار بھی بتائیں جب بھی بھول جاتی ہے۔۔"عاصمہ بیگم بید کی تیلیوں سے بُنی گئی کرسی پر بیٹھ گئیں۔

کوئی سال بھر پہلے ایک شام گھریلو ملازمین مہیا کرنے والے ایک ادارے کی طرف سے ایک ملازمہ کو بھجوایا گیا تھا۔ لڑکی کی عمر کا کچھ اندازہ نہیں لگایا جا سکتا تھا، تاہم وہ نوجوان ہی معلوم ہوتی تھی۔ چھوٹا سا دبلا پتلا جسم، گہرے سے کچھ کم سانولا رنگ، نمایاں ہڈیوں والا لمبا چہرہ، چھوٹی آنکھیں جن کی پتلیاں دو زاویوں سے دیکھتی تھیں۔ سیاہ بالوں میں کچھ سفید بالوں کی لکیریں بھی تھیں اور دانت کچھ بڑے اور لمبے تھے۔

"کہاں رہتی ہے۔۔۔؟عاصمہ بیگم نے ساتھ لانے والے آدمی سے پوچھا اور لڑکی

کی جانب ایک نظر ڈال کر اپنے دو سال پرانے باورچی کی طرف دیکھا۔ کمل نے سیکنڈ بھر سے بھی کم وقفے میں آنکھیں پھیلا کر شانے اچکائے اور ناک سکیڑ کر منہ دوسری طرف موڑا یعنی وہ لڑکی سے خوف زدہ ہونے کے ساتھ ساتھ ناپسندیدگی بھی ظاہر کر رہا ہو۔

یہ تاثرات دیکھ کر عاصمہ بیگم نے دوبارہ لڑکی کی جانب نظر اٹھائی۔ برابر کے صوفے پر کچھ دن کے لئے آئی عاصمہ بیگم کی بزرگ والدہ بیٹھی تھیں۔ اپنے موٹے سے چشمے کے عقب سے انہوں نے سب کی طرف باری باری دیکھا۔

"کیا نام ہے بیٹی۔" انہوں نے نرم سی نگاہ لڑکی کی طرف ڈالی۔ لڑکی کے لئے غالباً باورچی کے تاثرات اور عاصمہ بیگم کی سوچتی ہوئی نظروں جیسی چیزیں اجنبی نہ تھیں۔ وہ اس ساری فضا کے زیر بار کچھ منمنائی جسے کوئی نہ سمجھ سکا۔

"اچھا اچھا۔۔ ماں باپ ہیں۔۔۔؟" اماں نے گویا نام کی تعریف میں سر ہلایا۔

"میر اماں نہیں ہے۔۔ سوتیلا ماں ہے۔" اس دفعہ لڑکی کی آواز واضح تھی جسے سن کر لانے والے شخص سمیت سب لوگ چونکے تھے۔

" اوہ۔۔ اچھا اچھا۔۔ کوئی بات نہیں جا ہاتھ منہ دھو لے۔" والدہ صاحبہ نے برآمدے کی بائیں جانب اشارہ کیا۔

"پہلی بار سہر آئی ہے نا تو اسکو بھاسا نہیں آتا۔۔" ساتھ لانے والے شخص نے کہا۔

" آپ کو بہت اچھا بھاشا آتا ہے۔۔" کمل آنکھوں میں شرارت چھپائے سنجیدگی سے بولا۔ عاصمہ بیگم نے اسے جیسے کہ تنبیہاً دیکھا۔

" مگر سیکھ جائے گی۔۔" وہ جلدی سے بولا۔ غالباً کمل کا طنز جس کی زبان اس عرصے میں خاصی صاف ہوگئی تھی، اس کی سمجھ میں نہ آیا تھا۔

"میں بھی پچھلے سال آیا تھا جھارکھنڈ سے۔۔ میں نے بھی ادھر ہی سیکھا ہے بھاسا۔

"وہ مسکرایا

"تم لوگ اس کی صورت کی وجہ سے اس بن ماں کی بچی کو۔۔۔" والدہ صاحبہ نے کمل کی طرف جیسے کہ افسوس سے دیکھا ہو۔

"نہیں اماں جی۔۔۔ میں تو۔۔" وہ کچھ شرمندگی سے بولتا ہوا پچھواڑے کی طرف گیا۔

"اور تم میری بیٹی۔۔ اکیلی ہو دیکھا جائے تو۔۔ اللہ نے تمہیں بیٹی نہیں دی۔۔ اسے اپنالو۔ تمہارا ساتھ دے گی۔۔"

"جی امّی مگر اسے کام بھی نہیں آتا۔۔ زبان بھی اچھی طرح نہیں سمجھتی۔۔"

"سیکھ جائے گی۔۔۔ پہلی بار شہر آئی ہے۔۔۔ غریب۔۔ یتیم بچی۔۔" والدہ صاحبہ کی آواز میں درد سا بھر آیا تھا۔ وہ کچھ کہنے جا رہی تھیں کہ کمل جیسے کہ تیزی سے اندر داخل ہوا۔

"میم صاب جی۔۔ میں باہر الگنی سے کپڑے اٹھانے گیا نا جی تو۔۔ وہ بال بنا رہی تھی۔۔ دوسرے دروازے کے پاس۔۔"

"تو۔۔؟۔۔۔ کیا ہوا۔۔ بال نہیں بنانے چاہئیں اسے۔۔"

"وہ۔۔ کچھ اندھیرا سا ہے نا جی تو۔۔ میں تو ڈر گیا جی۔۔ ایکدم بھوتنی کے جیسی لگ رہی تھی جی۔۔۔" والدہ صاحبہ اسے دیکھتی رہ گئیں۔

"چپ۔۔ اللہ نے بنایا ہے اسے۔۔ سوتیلی ماں ہے اسکی۔۔ جانے بھر پیٹ کھانے کو ملتا بھی ہو اسے۔۔ کمزور سی ہے بیچاری،، کھائے پئے گی ٹھیک ہو جائے گی۔۔ ایسی تکبّر کی باتیں نہیں کیا کرتے۔"

والدہ صاحبہ کچھ خفگی سے بولیں اور دیوار پر آویزاں گھڑی کو بغور دیکھنے کی کوشش

کرنے لگیں پھر صوفے کے بازو کا سہارا لئے جھرّیوں والے گورے ہاتھ کی پتلی پتلی انگلیوں سے تسبیح کے دانے گھماتیں کھڑی ہوئیں اور اندر کی طرف مڑ گئیں۔ رومن ہندسوں والی اس گھڑی پر انہیں وقت دیکھنا نہیں آتا تھا اور گھڑی کی جانب دیکھ کر وہ وہاں پر موجود کسی سے بھی وقت پوچھا کرتیں۔ اس وقت انہوں نے کسی سے کچھ نہ پوچھا اور خاموشی سے اندر چلی گئیں۔

لڑکی کو ملازم رکھ لیا گیا۔

اسکا نام سندری تھا۔ زبان ہی جانتی تھی نہ کام۔ مگر والدہ صاحبہ جب تک رہیں اس نے ان کے سارے کام کرنے کی بھرپور کوشش ضرور کی۔ ان کے معمول میں رات گئے تک عبادت کرنا شامل تھا۔ اور سندری اکثر دیر رات تک انکے فارغ ہونے کا انتظار کر کے ہی سوتی کہ اگر انہیں کچھ ضرورت ہو تو وہ پریشان نہ ہوں۔ ملازمین کے کمرے گھر کے پچھواڑے تھے اور والدہ صاحبہ کے کمرے کا ایک دروازہ پچھلے برآمدے میں بھی کھلتا تھا۔ سندری اس دروازے پر دستک دیتی۔ والدہ صاحبہ کی زبان اکثر وظیفے میں مصروف ہوتی اور ہاں ہوں کی آواز سے کلام کا کام لیا جاتا۔ جس میں اشارے بھی شامل ہوتے۔ چٹکی کی شکل میں انگلیاں دہانے کی جانب لے جانا چائے کے لئے اور ہتھیلی کے قریب کلائی کا حصہ ٹھوڑی سے چھو لینا پانی کا اشارہ تھا۔ وہ پانی گرم پیا کرتی تھیں اور اکثر یہی دو چیزیں انکو ضرورت ہوا کرتیں۔ کبھی کبھار سردی لگنے کی صورت میں گرم پانی کی تھیلی کا اشارہ شانے سکیڑ کر، دانتوں کو بجا کر کیا جاتا۔

"کہا تھا نا۔۔سب سیکھ جائے گی۔۔"

والدہ صاحبہ اس کی تعریف کرتیں تو کمل ان کی غیر حاضری میں عاصمہ بیگم کی طرف جیسے کہ بے بسی سے دیکھتا۔

"یہ کام تو کوئی گوں گا بھی کر سکتا ہے نامیم صاحب جی۔"

" تمہارا ہر بات میں بولنا ضروری ہے کیا۔۔"عاصمہ بیگم مسکراہٹ چھپانے کی کوشش کرتی دھیرے سے کہتیں۔

"نہیں جی میں تو۔۔"

سندری ایماندار تھی۔اور صاف ستھری رہا کرتی تھی۔اس کے سیاہ فام پیروں کی ایڑیاں سفیدی مائل نظر آتیں اور چپل چم چم کرتے۔

مخصوص دلچسپ تاریخ کے حامل اپنے علاقے کے بارے میں وہ بڑی دلچسپ باتیں سنایا کرتی۔

"مے چوہا اچھا پکاتا ہے معلوم۔۔؟"اس نے ایک دن کمل سے کہا تھا۔

"کیا۔۔؟ کیا پکاتا ہے ؟" پنیر بھونتے ہوئے کمل کے ہاتھ سے کڑھائی میں چمچہ چھوٹ گیا تو تیل کے گرم

چھینٹوں سے وہ بلبلا اٹھا تھا مگر اس بات میں اس کی دلچسپی جب بھی کم نہ ہوئی تھی۔اس نے کلائی بہتے ہوئے نل کے نیچے چھوڑ دی۔

"کیا کہتی تھی تُو۔۔ پھر بول۔۔"وہ اس کی طرف گردن موڑے بولا۔

" چوہا۔۔ بولا تھا۔۔ چوہا پکاتا ہے۔۔ مے۔۔ ہمرا گاؤں میں ایکدم موٹا ہوتا ہے۔۔"وہ سر جھکائے پالک کے ساگ سے پتے الگ کرتی رہی۔

عاصمہ بیگم نے کھلے نل کی مسلسل آواز سنی تو باورچی خانے میں آگئیں۔

"کیوں پانی ضائع۔۔۔ کیا ہوا۔۔ اوہ۔۔ ہاتھ جلا لیا۔۔"وہ جلدی سے نل کے قریب گئیں۔

"آبلہ تو نہیں پڑا۔۔ نا۔۔"

"نہیں میم صاب۔۔ بچ گیامیں تو ابھی مر جاتا جی۔۔"

"کیوں۔۔ کیا ہوا۔۔"

"آپ میم صاب اس سے پوچھئے نا۔۔" اس نے سنجیدگی سے کہا۔

"کیا تم ہر وقت اس کی جان کے پیچھے لگے رہتے ہو۔۔ کیا ہوا تھا سندری۔۔؟"

"کچھو نہی مین صاب۔۔۔ مے کچھو نہی کیا ہوں۔۔" وہ بے خبر سی کمل کو دیکھ کر بولی۔

"جرا بتانا میم صاب کو تو کیا پکاتی ہے۔"

"اچھا وہ۔۔۔ مے چوہا بوت اچھا پکاتا ہے۔۔ میر انانی کھاتا تھا۔۔ اسی نے سکھایا تھا۔ اور کیا پکاتا۔ ادھر پشو پکھشی تو کھتم ہو گیا ہے نا۔"

عاصمہ بیگم اسے حیرت سے دیکھتی رہ گئیں۔

"تو بھی کھاتا ہے۔۔؟" کمل جلدی سے بولا تو عاصمہ بیگم زور سے ہنس پڑیں۔

"مے نہی کھایا۔۔" سندری سر اٹھا کر دونوں کو باری باری دیکھ کر مسکرائی اور دوبارہ کام میں مشغول ہو گئی۔

" چکھا تو ہو گا نا پکاتے وقت تو نے کبھی۔۔" کمل چھوٹے سے تولئے سے ہاتھ پونچھتا ہوا بولا تو عاصمہ بیگم مارے ہنسی کے لوٹ پوٹ ہوتی باورچی خانے سے باہر نکل آئیں۔

کمرے میں پہنچ جانے کے بعد تک ان کے ہونٹوں پر مسکراہٹ چھائی رہی۔

سلمان صاحب نے اُس خطے کے بارے میں بڑی دلچسپ باتیں بتائیں تھیں۔

ہندوستانی جزیرہ نما کے چھوٹاناگ پور کی سطح مرتفع میں وسطی بھارت کا یہ حصہ ہمیشہ سے دلچسپیوں کا حامل رہا تھا۔ برِ صغیر کے مختلف جغرافیائی خطوں سے ہجرت کر کے اس ایک جگہ پر جمع ہونے والے قبائل کی موجودگی کے سبب یہاں کئی طرح کی زبانیں، تہذیب، جسمانی خدوخال وغیرہ یکجا نظر آتے۔ مگر انسانی تہذیب کے محققوں اور سیاسی

تجربوں نے ان کی اصل تہذیب کو کافی حد تک متاثر کیا۔

برطانوی حکومت نے یہاں بھی لوگوں کو اپنا وفادار بنانے کی غرض سے عیسائیت کو متعارف کرایا تھا جس کی شروعات وہاں کوئی ڈیڑھ سو برس پہلے جرمنی کے چار پادریوں نے۔۔ اپنا گرجا گھر قائم کر کے کی تھی۔ رفتہ رفتہ دوسرے اعتقادات کے گرجے بھی جن میں 'اینگلی کنز' اور 'رومن کیتھولک' شامل تھے اپنے قدم جمانے لگے۔ اور یہاں کے باشندوں میں اکثر کے معبد جو 'سارانا' کہلاتے تھے۔ گرجا کہلانے لگے۔ کہ پادری بپتسمہ کے وقت انکے نام کی طرز بدلتے تھے اور نہ رہن سہن کے طور طریقوں کو تبدیل کرنے پر زور دیتے تھے۔ اس لئے بظاہر تبدیلی کچھ ایسی نمایاں اور اچانک معلوم نہیں ہوتی تھی۔

روزگار کا واحد ذریعہ زمینیں تھا جو انگریزی قانون کے تحت سرکاری ہوگئی تھیں اس لئے روزگار کے متبادل وسیلے پیدا کرنے والی سرکار کے مذہب کو اپنا لینا رعائتوں کا باعث ہونے سے رجحان بھی بڑھا۔

ان سب باتوں کو سمجھنے والوں کی بھی کچھ ایسی کمی نہیں تھی بلکہ برسامنڈا نے جسے قبائلی عقیدت سے برسا بھگوان کہتے تھے، عیسائیت کے اس طرح اطلاق کے خلاف آواز بھی اٹھائی تھی جو بعد میں وہاں قومی آزادی کے لئے بغاوت کے دوران نعرے کے طور پر ابھری۔ آگے چل کر کچھ حد تک تعلیم و تربیت کی طرف بھی رجوع کیا گیا۔ جو اہم بات تھی۔

باورچی خانے سے کچھ گرنے کی آواز آئی تو عاصمہ بیگم کے خیالات کا سلسلہ ٹوٹ گیا۔

سندری کام سنجیدگی سے کرتی تھی۔ مگر غلطیوں کی تعداد کام سے زیادہ ہو جاتی۔ اس کے الٹے سیدھے کاموں سے عاجز عاصمہ بیگم کمل کو بلاتی تو سندری برتن دھونے والے

صابن سے لتھڑے ہاتھ لئے حاضر ہو جاتی۔

"کمل بھیا باجار گئی۔ مے برتن دھوتا ہوں۔"

"اچھا۔۔ جا۔۔ دھو برتن۔۔ دھو چکے تو یہاں آ جانا۔" عاصمہ بیگم سر خم کر کے اسے دیکھتیں۔

"کیا توڑا سندری۔۔" عاصمہ بیگم ٹوٹ پھوٹ کی صدا پر چونک کر کہیں سے پکار اٹھتیں۔

"او اِکلا گلاس چھے میں سے بچا تھانا۔ او ای ٹوٹا۔۔" سندری عاصمہ بیگم کے باورچی خانے میں پہنچ جانے پر ٹوٹے گلاس کا پیندا حاضر کرتی ہوئی اطلاع دینے کے انداز میں کہتی کچرے کے ڈبے کی جانب لپکتی۔

"کیوں سندری۔۔ تیرے ہاتھ کیا کانپتے ہیں۔۔ کچھ نہ کچھ توڑتی رہتی ہے۔"

"وہ مین صاب۔۔ میرے کو چھوٹے میں پونیو ہو گئی تھی نا۔۔ میں چلتا نہی تھا ایک دم۔۔ پھر دوائی کھایا۔۔ تب ٹھیک ہوا۔۔"

"اوہ ہاں۔۔ پولیو ہوا تھا۔۔ اب تو ٹھیک ہو نا۔۔؟" عاصمہ بیگم ٹھنڈی سانس لے کر رہ جاتیں۔

"ٹھیک اے ہوں۔۔ نِکل (لیکن) کبھی کبھی۔۔"

"اور۔۔ یہ۔۔ یہ کیا ہے۔۔؟" عاصمہ بیگم نے برتنوں کی الماری کے قریب اپنی پسندیدہ نیلے گلابی پھولوں والی نہایت باریک چینی کی رکابی کے بیل کی ساخت میں ترشے سنہرے کنارے کا کونا ٹوٹا دیکھ کر حسرت سے پوچھا۔

"او۔۔۔ یہ۔۔ جانتا نہی۔۔ کمل بھیا توڑی ہو گی۔۔ مے نہی کیا۔۔" اس نے برتن دھوتے گردن موڑ کر بڑے بھول پن سے جواب دیا تو ہاتھ میں پکڑے دھل رہے گلاس

کا کنارہ نل سے ٹکرایا۔

"اوہ۔۔ سنبھل کے۔۔" عاصمہ بیگم ہاتھ ہلا کر رہ گئیں۔

" سوری مین صاب۔۔ میں آپ کو ایک بات بتانا بھول گیا تھا۔۔" اس نے بڑی شرمندگی سے سر جھکا کر ٹوٹے کنارے پر انگلی پھیری۔

" نہیں نہیں۔۔ ہاتھ کٹ جائے گا۔۔" عاصمہ بیگم نے گلاس اس سے لینے کے لئے ہاتھ بڑھایا۔ اس کی زبان سے 'سوری' سن کر ان کے لبوں پر مسکراہٹ پھیل گئی۔ وہ کمرے میں لوٹ آئیں۔

"سندری کتنی بار سکھایا ہے۔۔ چادر سیدھی بچھایا کر۔۔"

"سیدھے ای ہے نا مین صاب۔۔ اے دیکھو۔۔ آپ۔۔ ادھر سے۔۔ زرا سا۔" وہ بڑے یقین سے کہتی اور چادر کا کونہ ہلکے سے کھینچتی۔

اس کی خود اعتمادی سے عاصمہ بیگم کو مسّرت سی ہوتی۔

ملک کے آزاد ہوتے وہاں کے مختلف گرجا گھروں میں الگ الگ قبائل کے مقامی پادری بھی چن لئے گئے تھے۔ اور ۱۹۴۹ء میں علیحدہ جھارکھنڈ ریاست کی مانگ کرنے والے تقریباً سبھی لیڈر مقامی عیسائی تھے۔

۲۰۰۰ء میں اسے بِہار سے علیحدہ کر دیا گیا۔

سوائے حقِ رائے دہی کے عام طور سے یہاں کے باشندوں کے لئے حالات کچھ زیادہ نہیں بدلے۔ مختلف سیاستیں کبھی مذہب کا رنگ چڑھانے کے نعرے سے وفاداری طلب کرتی ہیں کبھی مذہب کا رنگ اتارنے کی اہمّیت پر زور دیکر ساتھ مانگتی۔ اور روزگار کا مسئلہ وہیں کا وہیں۔

اس مسئلے سے سندری جیسے لوگ بھی دوچار تھے۔

سلمان صاحب نے بتایا تھا۔

سندری کمرے سے جا چکی تھی مگر عاصمہ بیگم کی آنکھوں میں اس کا چہرہ گھومتا رہا۔۔ اچھی غذا سے اس کے رخساروں میں چربی بڑھ گئی تھی جس کے سبب چہرے کی جلد کچھ کھچی جانے سے اس کا رنگ ذرا صاف نظر آنے لگا تھا۔ ہنستے ہوئے اس کے صاف ستھرے دانت اب بھرے سے چہرے کے تناسب میں زیادہ بڑے نظر نہیں آتے تھے۔ دو زاویوں سے دیکھتی ہوئی آنکھیں جیسے کہ اس کے نادانی کی حد تک پہنچے بھول پن میں اضافہ کرتی معلوم ہوتیں۔ عاصمہ بیگم باورچی خانے میں لوٹ آتیں۔

" ہم تم کو آنکھوں کی کثرت سکھائیں گے۔۔" انہوں نے سندری کی آنکھوں کی طرف دیکھا۔

" آنکھ کو کیا ہو گا مین صاب۔۔"

" آنکھیں سندر ہو جائیں گی۔۔ بس جب بیٹھا کرو تو۔۔ ہاتھ کی پہلی انگلی کے ناخن کو دیکھتے ہوئے ناک کی سیدھ میں آنکھ کے قریب لانا اور دور لے جانا۔"

"مین صاب مے آپ کو ایک بات۔۔ بتانا تھا۔۔"

"ہاں۔۔ کون سا بات۔"

" میں جب چھوٹا تھا نا۔۔ تو اندھی ہو گیا تھا۔۔" وہ خوش خبری سنانے والے انداز میں ہنستی ہوئی بولی۔ میرا موسا جی بولا باجا (ریڈیو) ادھر دو۔۔ تو میں ان کے اوپر گر گیا۔۔ وہ میرے کو ڈانٹا کہ دیکھتا نہی۔۔" وہ کچھ سنجیدگی سے بولی۔

" دلکھو نا مین صاب۔۔ وہ مجھے کیوں نہیں بتایا کہ مے گلتی چل رہا تھا۔۔ مے تو اندھا ہو گیا تھا۔۔ اس کو تو بولنا تھا نا کہ تو اندھی ہو گیا ہے۔۔ میرے کو ای بولتا رہا۔۔ میرا گلتی تو نہیں تھا۔۔"

وہ عاصمہ بیگم کے چہرے پر اپنی بات کا ردِ عمل تلاش کرنے کی غرض سے مزید سنجیدگی سے انہیں دیکھنے لگی تو عاصمہ بیگم کا مارے ہنسی کے برا حال ہو گیا۔ اور انہیں ہنستا دیکھ کر وہ بھی ہنسی میں شامل ہو گئی۔

"پھر۔۔ ٹھیک کیسے ہوئیں۔۔" انہوں نے قہقہے کو بمشکل تمام روک کر پوچھا۔

"پھر۔ پھر ٹامن (وائٹامِن) دوائی دیا ادھر دور کا گاؤں میں دوائی والا (سرکاری دوا خانہ) بیٹھتا ہے نا۔۔ اوای دیا۔۔۔ ایک ہی مہینہ کھایا۔۔ مے ٹھیک ہو گیا۔۔"

کمل کے گھر سے فون آیا کہ اس کے ہاں بچہ ہوا ہے۔ حالانکہ وہ اپنی اس سال کی چھٹّیاں گزار آیا تھا۔ مگر اسے چھٹّی دینا پڑی۔ بلکہ اس کے لوٹنے کے بارے میں بھی کچھ غیر یقینی والی صورتِ حال تھی کہ پچھلے سال اس کا پہلا بچہ بچ نہیں پایا تھا۔ دوسرے ملازم کا انتظام کیا جانے لگا۔ سندری تنِ تنہا سارا کام سنبھالنے کی بھرپور کوشش کرتی رہی۔

عاصمہ بیگم نے دیکھا اس کا چہرہ اتر گیا تھا۔ انہوں نے اس کی کلائی ٹٹولی۔

"بخار تو نہیں ہے تجھے۔۔ پیلی پڑ گئی ہے۔۔ کیوں ؟۔۔ کام زیادہ ہو گیا نا تیرے ذمے۔۔" انہوں نے نرمی سے کہا۔

"کام تو ٹھیک اے ہی ہے مین صاب۔۔ نیکل۔۔ جب سے شام بھّیا گئی ہے۔۔۔ مے۔۔ کچو کھانے نہی سکتا۔۔" وہ اداس سی آواز میں بولتی کام میں مصروف رہی۔

کچھ دن بعد بڑے چوڑے جبڑوں، پھیلی ناک، بھدی آواز اور چہرے پر بے شمار دانے لئے ایک اور آدی واسی ملازم آیا، کوئی بیس بائیس سال کا۔ اس کا نام فلتوش تھا اور وہ بھی شہر پہلی بار وارد ہوا تھا۔ سندری بڑے اعتماد سے اس پر حکم چلانے لگی۔ اس نے سندری سے سندری کی طرح کام کرنا اور بولنا سیکھا۔

سندری کے مصروف ہونے کی صورت میں وہ بڑی چستی سے حاضر ہو جاتا۔

"میں ابھی کرتی ہوں جی۔۔" وہ پلکیں تیزی سے جھپک کر کہا کرتا۔

وہ بھی ادارے کی طرف سے گیارہ ماہ کے معاہدے پر آیا تھا۔ کام بھی سمجھ جاتا تھا مگر ایک دن دوپہر کے بعد جب وہ کافی دیر کمرے سے نہیں آیا تو سندری اسے بلانے گئی۔

"مین صاب وہ میرے کو بولتی ہے۔۔ تیرے کو کاٹ دوں گا۔۔" سندری فوراً لوٹ آئی۔

"کیا۔ کون۔۔"

"مجھ سے بولا اہے فلتوش بھیا۔۔۔؟"

"۔۔ کیوں۔۔؟" عاصمہ بیگم حیرت سے اس کا منہ تکتی رہ گئیں۔

"مے کچھو نہی بولا تھا مین صاب۔۔ وہ کپڑا کارسی کاٹنے کو چاقو لے گیا تھا ناوا۔۔ ہاتھ میں تھی۔۔ چاقو آگے کیا میرا منہ پاس۔۔ بولی چپ کر کاٹ دوں گا۔۔ وہ بوت گوصّہ والا ہے۔۔"

"تجھے لگتا ہے وہ ایسا کر سکتا ہے۔۔" عاصمہ بیگم آئے دن اخباروں میں نوکروں کے حملوں کی خبروں کو یاد کرنے لگیں۔

"مالوم نہی مین صاب۔۔ نیکل۔۔ وہ بوت گوصّہ والا ہے۔۔ میرے کو آج پتہ چلی کہ اس کے اندر بوت ہئی گوصّہ ہے۔۔"

فلتوش کو چھ ماہ ہوئے تھے۔ عاصمہ بیگم نے شوہر کو روداد سنائی۔ وہ قانون کی عزت کرنے والے قانون دان اور راست باز سے آدمی تھے۔ مسئلے حل کرنے کے معاملے میں جلد باز بھی واقع ہوئے تھے۔

"ہم نہ کہتے تھے احمق ہے۔ فوراً اسے نکال باہر کیجئے۔۔ خطرناک مجرم ہو سکتا ہے۔ فون کیجئے پلیسمینٹ والوں کو۔ کسی کو بھی پکڑ لائیں گے کیا۔ ہو نہہ۔۔"

وہ ایک ہاتھ میں ذیابیطس کی گولی اور دوسرے میں پانی کا گلاس لئے عاصمہ بیگم کو دیکھتے رہے۔ عاصمہ بیگم نے ان سے جیسے جواب کی توقع کی تھی ویسا ہی پایا۔ سلمان صاحب نے بیگم سے نظریں ہٹا کر گلاس کی طرف دیکھا اور ٹکیا نگل لی۔ اس کے بعد باہر جانے کی بجائے صوفے پر بیٹھ گئے اور ڈرائیور کو اندر کے دروازے تک بلوایا۔

"پہلے اسے پلیسمنٹ چھوڑ آئے۔۔ کہہ دیجئے۔۔ ہم بعد میں جائیں گے۔"

کچھ روز پھر سندری کو اکیلے کام چلانا پڑا۔ ضرورت پوری ہو جاتی تھی لیکن سلیقہ ناپید رہا۔ مگر جلد ہی نیا ملازم آ گیا۔

بھولی سی صورت والا اٹھارہ انّیس برس کا لڑکا جو سریلا گاتا تھا اور فلمی اداکاروں کی نقل کرتا تھا۔ یہ اطلاعات سندری نے عاصمہ بیگم کو بہم پہنچائی تھیں۔

" اچھا ہے۔۔ نیکل۔۔ میرے سے چھوٹا ہے۔۔ میرے کو دیدی کہتا ہے۔۔" سندری نے سنجیدگی سے کہا تو عاصمہ بیگم نے اسے چونک کر دیکھا۔

"تو کیا ہوا۔۔ تم اس سے بڑی ہو تو دیدی بلائے گا نا۔۔"

"ہاں عمر تو میرا جادہ ہے۔۔ دوائی سے بال بھی پک گیا ہے۔۔۔ نیکل مے کلر کرتی ہے نا۔۔ تو میرا بال اچھی لگتی ہے۔۔ میرے کو پسند نہی دیدی بولنا۔۔ مے اس کو بولے گی میرے کو نام سے بلائے۔۔"

عاصمہ بیگم نے اس کی بات کو سمجھنے کی جیسے کہ کچھ کوشش سی کی۔

اچھا۔۔ جو تیرا جی چاہے کر۔۔" انہوں نے سر جھٹک کر کہا اور اندر کی طرف

گئیں۔

اب کام کچھ بہتر طرح ہونے لگا تھا۔ سندری سے اس کے نئے شاگرد چمن نے خاصی تربیّت حاصل کرلی تھی۔ چمن کام خوش اسلوبی سے کرتا۔ اور اس کا فی الحال چھٹی لینے کا بھی کوئی ارادہ نہیں تھا۔ عاصمہ بیگم اس خوش انتظامی سے مطمئن ہوا ہی چاہتی تھیں کہ ایک صبح سندری حواس باختہ سی تھکے تھکے چہرے پر پریشان سی آنکھیں لئے اس کے سامنے آکھڑی ہوئی۔

"مین صاب۔۔ میرے کو۔۔ میرے کو مہینہ نہیں ہوئی۔" اس نے عاصمہ بیگم کے چہرے کی جانب نظر ڈال کر سر جھکا لیا اور مسہری کے پاس فرش پر دھپ سے بیٹھ گئی۔

"تو اتنا پریشان ہونے کی کیا بات ہے۔ ہو جائے گا۔۔ ایک دو دن اِدھر اُدھر ہو جاتے ہیں۔"

"نہی مین صاب کل چار دن ہو گیا۔۔ آج بھی نہیں ہوا۔۔ پانچ دن ہو گیا۔۔" اس نے ہاتھ کی انگلیاں پھیلا کر دکھائیں۔ اس کے چہرے پر گہری تشویش صاف عیاں تھی۔

"کیا۔۔ مطلب تو نے۔۔ تو نے کچھ۔۔" عاصمہ بیگم فوراً بولیں۔

" جانتی ہے نا تو۔۔ غلطی کرنے سے مہینہ نہیں ہوتا بچہ ہو جاتا ہے۔۔ تو کہیں ماں۔۔"

مین صاب۔۔ او چمن میرے کو پکڑ لیا تھا۔۔" اس نے ایک نظر اوپر دیکھا اور سر جھکا لیا۔

"کیا بک رہی ہے۔۔ کب۔۔؟"

"پچھلے ہفتے۔۔"

" تو۔تو نے مجھے بتایا ہی نہیں اتنے دن۔۔اس بد تمیز کو میں۔۔میں پولیس میں۔۔" عاصمہ بیگم کچھ کہتے کہتے رکیں۔

" کتنی بار پکڑا تھا اس نے تجھے۔"

" تین بار۔۔میرا مرجی نہیں تھا۔۔"

" اوہ۔۔اچھا۔۔تیرا مرجی نہیں تھا۔" عاصمہ بیگم نے گہری سانس لی۔

" اس فلتوش نے بھی کبھی ایسا کیا تھا۔۔" عاصمہ بیگم نے کچھ حیرت اور بے یقینی سے پوچھا۔

" ہاں جی بہت بار۔۔میرے کو ایسے ہی بوت چنتا لگتا تھا۔۔مگر وہ کہتا تھا میرے کو پتہ ہے کچھو نہی ہو گا۔۔نیکل پھر مہینہ ہو جاتی تھی۔۔"

" اور کمل نے۔۔" عاصمہ بیگم ہکا بکا بولیں۔

" ہاں جی اور کیا۔۔مگر وہ سمجھدار تھا۔۔اس کو پتہ تھی کہ کیسے کیا کرنا ہے۔۔باجار میں کدھر کیا ملتا ہے۔۔لاتا تھا۔۔،میرے کو ایک دم چنتا نہیں ہوتا تھا۔۔"

" بد تمیز۔۔" عاصمہ بیگم کا ہاتھ بے اختیار اس کے چہرے کی طرف اٹھا مگر انہوں نے اسے ٹھپڑ نہیں لگایا اور دانت پیس کر رہ گئیں۔

تُو۔۔تُو بھیّا بلاتی تھی۔۔اُسے۔۔اور۔۔اور وہ کمبخت کہتا تھا کہ بال بناتے وقت تو۔۔ایکدم۔۔ایکدم۔۔" عاصمہ بیگم کا سانس بے ترتیب سا ہو گیا۔

تو میری پرہیز گار ماں کو۔۔ناپاک۔۔" عاصمہ بیگم کانپتی آواز میں بولیں۔

" نہی مین صاب مے نہاتا تھا۔۔" وہ جلدی سے بولی۔

عاصمہ بیگم کا سر چکرا گیا۔انہوں نے انگلیوں کے پوروں سے کنپٹیاں تھام لیں۔کئی پل ایسے ہی گزر گئے۔

"اچھا۔۔وہ۔۔فلتوش نے تجھے پھر کیوں کہا تھا مار ڈالے گا؟"

"میرے کو مہینہ نہیں ہوئی تھی نا۔۔مے اس کو بولی نہی ہوئی تو مے مین صاب کو بولے گا تو میرا شریر کو چھوا ہے۔۔اسے گوصہ آگیا تھا۔۔"

عاصمہ بیگم کچھ لمحے سن سی اسے تکتی رہ گئیں۔

"پچھلی دفعہ کب ہوا تھا۔۔"

"جس دن آپ صاب اور بھیّا لوگ کھانے پر گیا تھا نا باہر۔۔مے چوڑی دار پہنی تھی۔۔جو آپ لوگ انمیسری (اینیورسیری) کے دن 'ٹِپ' دیا تھا نا۔۔تو میں منگل باجار سے۔۔"

"بکواس بند کر۔۔"عاصمہ بیگم کی آواز اچانک اونچی ہو گئی۔

"مہینہ کب ہوا تھا۔ تاریخ بتا۔"انہوں نے آواز دھیما کرنے کی شعوری کوشش کی۔

"او۔۔مہینہ۔۔جس دن مین صاب آپ سے بولی تھی نا۔۔آج باجار سے سودا مے لائے گی۔۔میرے کو نیپکی (نیپکن) لانا ہے۔۔اس کا دوسرا دن ہوئی تھی۔۔"

"تاریخ بھی تو ہو گی نا کچھ۔۔"

"میرے کو یاد نہیں مگر بہت دن ہو گیا۔۔"

عاصمہ بیگم نے ذہن پر زور دیا۔ وہ اس دن اپنے بڑے بیٹے کی دوست کو دوپہر کا کھانا کھلانے میریڈئن لے گئی تھیں۔ لوٹنے پر غالباً اسی دن سندری نے نیپکن لانے کی بات کہی تھی۔ مگر وہ اسے دوبار لے گئی تھی۔ ایک بار بیٹے کے کہنے سے دوسری دفعہ خود عاصمہ بیگم کا دل اس سے ملنے کو چاہا تھا کہ اسکے گھر میں بیٹی کی کمی کے احساس نے اس کے دل میں ہمیشہ کسی بیٹی جیسے تعلّق کی خواہش کو سیراب کیا تھا۔

جب انہوں نے دیبا کے لئے اپنے سنگھار دان سے نازک سی زنجیر والا پینڈنٹ اور اس سے ملتے جلتے کرن پھول ڈھونڈ کر پرس میں رکھے تھے۔ عاصمہ بیگم کو دیبا کا نازک سا گلا یاد آگیا جس پر ہوٹیل میریڈئین کے ریستوراں میں بیس سے بھی کم سیلسیس پر ٹھہرے ہوئے درجۂ حرارت میں پسینے کی بوندیں چمک اٹھی تھیں۔ بے سبب ہی۔۔ اسے کیا معلوم کہ۔۔

عاصمہ بیگم کے ہونٹوں پر ہلکی سی مسکراہٹ پھیلی ہی تھی کہ انہیں موجودہ حالات کی نزاکت کا تیزی اور شدّت سے احساس ہوا۔

انہوں نے سر جھٹک کر سندری کو دیکھا۔

"کیا کروں اب بتا۔۔ سوائے اس کے کہ تمہیں تمہارے گھر بھیج دوں۔۔" کچھ دیر فضا پر خاموشی طاری رہی۔

"مگر تم پریگنینٹ ہو بھی یا۔۔۔"

"کیا مین صاب۔۔"

"کچھ نہیں۔۔ تم۔۔ تم دفع ہو جاؤ یہاں سے۔۔"

عاصمہ بیگم فرش کی طرف دیکھتی رہیں، اسی مقام پر بیٹھی بیٹھی، کتنی ہی دیر تک۔

بڑا بیٹا جوان ہو گیا تھا۔۔ دوسرے کا قد بھی نکل آیا تھا۔۔ شوہر بھی خیر سے جوان لگتے ہیں۔۔ سچ مچ امید سے ہوئی کمبخت تو۔۔ لوگ۔۔ جانے کیا سوچیں گے۔۔ چمن کل چھٹی مانگ رہا تھا۔۔ اور دو مہینے کی تنخواہ بھی۔۔ ایک مہینے کی تنخواہ پلیسمنٹ والا لے گیا۔۔

سرخ کنارے اور قوسِ قزح جیسے رنگوں کے مہین پھولوں والے کشمیری ریشمی

قالین کے درمیان سمندری نیلے رنگ کی زمین پر بنی گہری سبز بیل پر بیٹھی خوش رنگ بلبل کے تاج پر سے نظریں ہٹا کر عاصمہ بیگم نے دریچے سے باہر نظریں گاڑ دیں۔ ہرے ہرے درخت کے گھنے پتوں میں اٹکی ایک پھٹی ہوئی پتنگ بہت بری لگ رہی تھی۔

۔۔ بھاگ ہی نہ جائے کہیں مردود پیسے ملتے ہی۔۔ اور۔۔ یہ لڑکی۔۔ بھاڑ میں جائے بے شرم۔۔ دفع کر دوں گی اس کو بھی۔۔ کیا کیا گل کھلاتی رہی اور ہم۔۔ ہم ہیں کہ۔۔ بے وقوف بنتے رہے۔۔ گاؤں میں کرے ان کالی کرتوتوں کی نمائش۔۔ بے حیا کہیں کی۔۔ سلمان صاحب سے سب کہنا پڑے گا۔۔ ہاں۔

عاصمہ بیگم نے کچھ مطمئن ہو کر کھڑکی سے نظریں ہٹا لیں۔ اور دو صوفوں کے درمیان شیر کے پاؤں کی ساخت کے پایوں والی پتھر کی میز پر رکھا کرسٹل کے شفاف کانچ کا بنا چوکڑیاں بھرتا ہرن ہاتھ میں لے لیا۔

۔۔۔ مگر سوتیلی ماں۔۔ اس کا جینا اور مشکل کر دے گی۔ اسے سارے گاؤں میں بدنام کرے گی۔۔ اسے کسی نے سمجھایا ہی نہ ہو گا۔۔ اچھا برا کیا ہے۔۔ ماں ہی جب۔۔ اور سوتیلی ماں کھانا اپنی مرضی سے نکالنے پر کڑچھی سے مارنے والی، اسے کھلے عام مارنے کا جواز حاصل کر لے گی۔۔ اسے اس کے باپ کے سامنے ذلیل کرے گی۔۔ گاؤں میں جانے کیسے اس کا حمل گرایا جائے گا۔۔ ان چاہا حمل۔۔ سوتیلی بیٹی کا۔۔ کسی بھی سستی سی نا تجربہ کار دائیہ سے۔۔ اس کا جانے کتنا خون بہہ جائے گا۔ لاپرواہی ہو جائے گی۔۔ زیادہ بہہ گیا تو۔۔۔

شادی کے دو ماہ بعد خود اس کے ساتھ ایسا ہی ہوا تھا۔ اسے مکمل آرام کا مشورہ دیا تھا اس کی ڈاکٹر نے کہ شاید اس سے اس کی امید ٹوٹنے سے بچ جائے۔۔ اور وہ کم عمری کے باعث ناداں اور بلا وجہ شرم کے سبب خاموش بستر پر پڑی رہی۔ امید تو جاتی رہی، نسوں

سے بھی خون نچڑتا گیا۔ ربر کے دبیز بیں اونچے گدّے سے ہوتا جب پلنگ کے تختے کو نم کر چکا تو اسے اچانک محسوس ہوا تھا کہ اس کے ہاتھ برف ہو گئے ہیں۔ امید کے دنوں میں اس کے پیر ٹھنڈے رہا ہی کرتے تھے۔ معاً اسے خیال آیا تھا کہ کچھ غلط ہو رہا ہے۔ ہسپتال پہنچ کر معلوم ہوا کہ وہ اللہ کو پیاری ہونے ہی والی تھی۔

جب اس پر۔۔ شہر کی سب سے مشہور ڈاکٹر کی نگرانی میں یہ ستم ہو سکتا تھا تو۔۔ کہ امید ختم ہونے کے ساتھ جینے کی امید بھی ختم ہونے کو تھی۔۔ تو۔۔اس۔۔ اس غریب کا کیا ہو گا۔۔ اسے تو نجات مطلوب ہے اس سے۔۔ جانے کتنا خون بہہ جانے کے بعد یا جب بھی اسکے جسم سے الگ نہ ہو تو۔۔ جب تک ،کہ ماہر ہاتھوں سے اُسے الگ نہ کیا جائے۔۔ اور ماہر ہاتھ۔۔ اس کے نصیب میں۔۔

باورچی خانے سے زور زور سے برتن دھوئے جانے کی آواز آ رہی تھی۔

عاصمہ بیگم باورچی خانے کی طرف گئیں۔

"سندری۔۔ میں نے سوچ لیا ہے۔۔"

"جی مین صاب۔۔" اس کی تشویش ناک سی اداس آواز ابھری۔ اس نے پلٹ کر نہیں دیکھا۔

"اوہ۔۔ ادھر تو دیکھ۔۔ رو رہی ہے تو کیا۔۔"

"مے کیا کروں گا جی۔۔ میرے کو گاؤں والا لوگ۔۔" وہ ہچکیاں لینے لگی۔

"ارے پاگل میں تھوڑے ہی بھیجوں گی اس حال میں تجھے گاؤں۔۔ جو ہو گا دیکھیں گے۔۔ تم فکر نہ کرو۔۔ میں خود دیکھتی ہوں۔۔ ابھی تو تمہیں دنوں کے بارے میں ہی کنفیوژن ہے۔۔" عاصمہ بیگم نے اس کے سر پر ہاتھ پھیرنا چاہا تھا مگر ایسا نہیں کیا۔

" چار دن اور نہیں ہوا تو میں ہسپتال لے جا کر تمہارا یورین ٹیسٹ کرواؤں گی۔ میرے خیال سے ابھی ایک مہینہ بھی نہیں ہوا ہے۔۔ بھوک تو لگتی ہے نا اچھے سے۔۔"

"ہاجی۔۔ لگتا ہے۔۔"

"اور متلی وغیرہ۔۔ ابکائی۔۔؟"

"ناجی۔۔"

" بس باقی اوپر والے پہ چھوڑ دو۔۔ اور مجھ پر بھروسہ رکھو۔۔ اب جو ہونا تھا ہو چکا۔۔ اس۔ اس مصیبت میں تمہیں۔۔" وہ اسے دیکھتے ہوئے جیسے اپنے آپ سے بولیں۔

"اکیلے نہیں چھوڑیں گے تجھ کو۔۔"

سندری نے رضامندی میں گردن کو خم دیا۔

عاصمہ بیگم کمرے میں لوٹ آئیں۔

لے کر۔۔ کیسے جاؤں گی ہسپتال اسے۔۔ سکینڈل بن سکتا ہے۔۔ اس بات کا۔۔ اکیلے بھیجوں۔۔ راستے کہاں آتے ہیں اسے۔۔ ڈرائیور کے ساتھ بھیج دوں اسے۔۔ کوئی جرم تو رہا نہیں اب۔۔ اب۔۔ اب تو لڑکیوں سے شادی کے بارے میں ہی پوچھتے ہیں نہ فی ٹس (foetus) کے باپ کے بارے میں۔۔ قانوناً جائز قرار دے دیا گیا ہے ایبارشن۔۔

سلمان صاحب تھکے ہوئے لوٹے تھے۔

ان سے بات کرنا مناسب بھی نہ تھا۔۔

پریشان ہو جائیں گے۔۔

ان سے بات کرنا مناسب تھا بھی۔۔؟

پریشان کر دیں گے۔۔

اپنے بیتابانہ ردِّ عمل سے۔۔اس کی پریشانی میں بھی اضافہ کر دیں گے۔عاصمہ بیگم انہیں بے خیالی میں دیکھتی رہ گئی۔

رات عاصمہ بیگم سو تو گئیں مگر پریشان کن خوابوں نے انہیں اپنے نرغے میں لئے رکھا۔اور صبح کے تازہ خواب نے انہیں اندیشہ ہائے دور دراز میں مبتلا کر دیا تھا۔

بر آمدے میں پہنچ کر انہوں نے پلٹ کر سندری کی طرف دیکھا۔

وہ۔۔وہ دیکھ۔۔اِس گلی کے اُس طرف۔۔جہاں سڑک نظر آ رہی ہے نا۔۔؟ مدر ڈیری تک تو تُو جاتی ہی ہے۔۔ادھر سے داہنی جانب جا کر چھوٹی سی سڑک سے بائیں اور مڑ جانا۔۔سامنے بالا جی ٹینٹ والے کا بڑا سا بورڈ لگا نظر آئے گا۔۔اس کے سامنے جہاں ننھے سے بچے کے منہ میں ڈاکٹر دوائی کی بوند ٹپکا رہا ہے نا۔ایک دم ادھر ہی۔۔بس سیدھی چلی جانا۔۔وہی سرکاری ہسپتال ہے۔۔دس منٹ کا ہی تو راستہ ہے۔۔گھبرانا بالکل نہیں۔۔میں۔۔" عاصمہ بیگم نے رخ اس کی طرف موڑا تو سندری ادھ کھلا منہ لئے ان سے کچھ کہنے کو بیقرار سی نظر آئی۔

"ہو گئی میرے کو مین صاب۔۔"وہ سر ہلا کر مسکرائی۔

" مطلب۔۔تو۔۔تیرا مطلب ہے کہ تُو۔۔"عاصمہ بیگم کے چہرے پر بے قراری مسکرانے لگی۔

"ہا جی۔۔مین صاب۔۔مہینہ ہو گئی میرے کو۔۔"

"کب۔۔؟"انہوں نے اس کے شانے تھام لئے۔

"رات ہئی کو۔۔"

"سچ۔۔؟شکر ہے۔عاصمہ بیگم نے آسمان کی طرف نظر ڈال کر واپس اس کی طرف دیکھا پھر اس کے کندھوں پر ہاتھ رکھے رکھے اسے اپنے سے ذرا دور کھڑا کیا اور اس کے چہرے پر نظریں ٹھہرا دیں۔

"اب دوبارہ ایسی غلطی مت کرنا۔۔ نہیں تو میں تجھے سچ مچ ہی گاؤں بھیج دونگی۔۔"

"کسم کھاتا ہوں مین صاب۔۔ اب نہی کروں گا۔۔"وہ مسکرائی۔

"مین صاب چمن چلا گیا۔۔"

"ہاں۔۔کب۔۔؟"

"معلوم نہی۔۔۔مے سویرے جاگا تو کمرے میں نہیں تھا۔"

"تُو اس کے کمرے میں کیا لینے گئی تھی۔۔۔"

"گئی نہیں تھی۔۔ کمرہ کھلا تھی تو۔۔ نجر پڑ گیا۔۔ سب سامان لے گیا۔۔"وہ بغیر کسی تاثر کے بولی۔

"ابی سارا کام کھُدا ای کرنا پڑے گا۔۔"

" چلو۔۔ بھاڑ میں جائے۔۔ بد تمیز کہیں کا۔۔ دوسرا آ جائے گا۔۔ تجھے کیوں کرنا پڑے گا۔۔ ایک دو دن کی بات ہے۔۔۔ سارا کام تیرے بس کا نہیں اور بچّوں کے زیادہ تر کام کے لئے لڑکا ہے بھی ضروری۔۔۔۔ خیر۔۔۔ تُو ذرا۔۔۔۔اُن لوگوں سے کہوں گی کوئی سمجھدار سا لڑکا بھیجیں اور۔۔۔۔ تُو بھی۔۔۔۔۔۔"

اور دوسرے دن سمجھدار لڑکا آ گیا۔

" مین صاب وہ آ گیا۔۔" دروازے کی گھنٹی سن کر سندری نے اسے گھریلو ملازمین مہیا کرنے والے شخص کے ساتھ دیکھا تو دوڑتی ہوئی آئی۔

"درواجا کھول دوں مین صاب۔۔؟"

"ہاں۔۔ہاں کھول دے نا۔۔"

لڑکا دیکھنے میں پہلے تینوں سے بہتر تھا۔ فیشن کے مطابق اس نے بال بھی بڑھا رکھے تھے۔عاصمہ بیگم نے لڑکے کی طرف سے نظر ہٹا کر سندری کی جانب دیکھا جو مبہوت سی اسے دیکھ رہی تھی۔وہ سامان رکھنے پچھواڑے کی طرف گیا تو سندری مسکراتی ہوئی باورچی خانے کو پلٹی۔اور عاصمہ بیگم اس کے پیچھے پیچھے اندر آئیں۔

"کام کرنے والا نہیں لگتا نا مین صاب۔۔؟ بھیّا لوگ اور ان کا دوست جیسا لگتا ہے نا۔۔"وہ فریج سے پانی کی بوتل نکالتے ہوئے بولی۔

"اب جو بھی ہے سندری۔۔تُو خدا کے لئے باز آ جا۔۔اس کو بخش دے۔۔ورنہ سچ مچ میں اب کے تجھے۔۔"عاصمہ بیگم سمجھانے کے انداز میں بولیں تو سندری ہنسنے لگی اور اپنے دونوں کان پکڑ لئے۔

"کان پکڑتا ہوں مین صاب۔۔۔"اس نے سنجیدگی سے کہا اور زور سے کان کھینچے۔ عاصمہ بیگم کے ہونٹوں پر مسکراہٹ پھیل گئی۔

وہ کان پکڑے پکڑے ہنسی۔عاصمہ بیگم اس کے چہرے کی طرف دیکھتی رہیں۔

اسکی معصوم سی ہنسی۔۔نادان سی ہنسی۔۔۔پرسکون سی۔۔۔بے خبر سی ہنسی۔۔

"نہیں سمجھی نا تُو۔۔دیکھ سندری۔۔ادھر دیکھ۔۔اب پلیز تُو۔۔کچھ مت کرنا۔۔" عاصمہ بیگم کے چہرے پر التجا ہی التجا تھی۔

"ہاتھ جوڑوں کیا۔۔؟"عاصمہ بیگم نے ہاتھ جوڑ دئے۔

"نہی نہی مین صاب۔۔میں کسم کھاتا ہوں۔۔جس کا قسم مرجی لے لو۔۔"وہ کان پکڑے بولتی رہی۔۔اور ہنستی رہی عاصمہ کے جڑے ہاتھ دیکھ کر بھی اس کی ہنسی نہیں رکی

تھی مگر آنکھیں کچھ پھیل گئی تھیں۔

ایک آنکھ کا رخ داہنی جانب تھا اور دوسری کا بائیں اور۔

"نہ نہ مین صاب۔۔ ایسا مت کرو۔۔ مے سچ مچ سے کسم کھاتا ہوں۔۔" وہ عاصمہ کے ہاتھوں کو دیکھتی ہوئی بولی۔

"میں بھگوان کا کسم کھاتا ہوں مین صاب۔۔ میں اپنا مرا ہوا اماں کا کسم کھاتا ہوں مین صاب۔۔ اب ایسا نہی کروں گا۔۔"

اس نے قہقہوں کے درمیان رک رک کر کہا۔ اور بڑے ہی خلوص سے عاصمہ بیگم کو دیکھتے ہوئے اس نے نہایت عاجزی سے گردن کو خم دیا اور ایک قدم ان کی طرف بڑھی۔

"مے۔۔۔مے۔۔ آپ کا کسم کھاتا ہوں مین صاب۔۔ آپ میرے کو ماف کردو۔۔" اس نے دھیمی سی آواز میں کہا اور مسکراتی رہی۔

عاصمہ بیگم نے دیکھا کہ اس کی آنکھوں میں نمی تیر رہی تھی۔

***

ترنم ریاض کے افسانوں کا ایک اور مجموعہ

ٹیڈی بیئر

مصنفہ : ترنم ریاض

بین الاقوامی ایڈیشن جلد منظر عام پر آرہا ہے